Nadine Stenglein

I0570523

DOUBT
Zu wahr, um schön zu sein

Romantic Suspense

Die Deutsche Nationalbibliothek verzeichnet diese Publikation in der Deutschen Nationalbibliographie. Detaillierte bibliographische Daten sind im Internet über http://www.dnb.de abrufbar.

Nadine Stenglein
»DOUBT: Zu wahr, um schön zu sein«
Romantic Suspense

1. Auflage 2016
Alle Rechte vorbehalten
2016 Nadine Stenglein
Lektorat & Satz: KopfKino-Verlag
Covergestaltung: coverandbooks / Rica Aitzetmüller
Umschlagmotiv: closeupimages & IgorAleks / shutterstock.com
Druck: createspace.com

KopfKino-Verlag
Thomas Dellenbusch
Gluckstr. 10
D-40724 Hilden

ISBN: 978-3-9817967-5-9

www.MeinKopfKino.de

Nadine Stenglein

DOUBT
Zu wahr, um schön zu sein

ROMANTIC SUSPENSE

Über KopfKino:

KopfKino, das sind berührende, nachdenkliche oder auch spannende Geschichten in **Spielfilmlänge**. Ihre ungefähre Lesezeit liegt zwischen 60 und 180 Minuten.

Sie eignen sich daher wunderbar für all die vielen kleinen zeitlichen Zwischenräume, die das Leben hat: für die Reisezeit in Bahn, Bus, Auto oder Flugzeug, beim Friseur, für die Stunden in Wartezimmern, während der Dialyse, für den Nachmittag im Freibad oder am Strand, vor dem Schlafengehen oder einfach so für zwischendurch, um ein, zwei oder drei Stunden unterhaltsam zu füllen.

Da ihre Lesezeit ungefähr der Länge eines Spielfilms entspricht, eignen sie sich auch hervorragend, um sie sich gegenseitig vorzulesen und den Fernseher einmal ausgeschaltet zu lassen. Lassen Sie sich von Fernseher und Leinwand nicht das ganze Vergnügen abnehmen.

Genießen Sie Ihren eigenen Film auf der größten Kinoleinwand der Welt: Ihrer Fantasie!

Jede Erzählung ist als eBook und als Hörbuch erhältlich, die meisten auch als Taschenbuch.

Informieren Sie sich regelmäßig auf
MeinKopfKino.de
über Neuerscheinungen, die Autoren, Termine für Lesungen, Hintergründe, oder laden Sie sich einzelne Geschichten als eBook oder Hörbuch herunter.

So tötete ich meine Frau

Kurz bevor Kathleen die Eingangstür ihres Hauses ins Schloss werfen konnte, gelang es Cedrick, seinen mitgebrachten Rosenstrauß dazwischenzuschieben.

Kathleen warf einen wütenden Blick auf die Blumen, die nun zwischen Tür und Rahmen klemmten. Sie atmete langsam aus. Ein Regen aus weißen Blüten segelte auf ihre nackten Füße. Von draußen drang die Stimme ihres Ex-Freundes herein: »Hey, die waren nicht gerade billig.«

Sie schluckte Magensäure hinunter und riss sich zusammen. Zuerst sammelte sie die Blütenblätter auf, dann rupfte sie das, was von Cedricks Versöhnungsversuch übrig geblieben war, aus dem Spalt der Türe. Zuletzt öffnete sie langsam und drückte ihrem Ex-Freund das Rosengemüse in die Arme. Er musterte sie. Wie sie diesen Mitleid heischenden Blick hasste. Er konnte sie noch immer schnell aus der Fassung bringen, dachte Kathleen und verfluchte sich im Stillen dafür, wieder einmal die Beherrschung verloren zu haben.

»Dein falscher Stolz stand dir schon immer im Weg, Kathleen Forster. Wir wissen beide, dass du mich noch liebst. Du bist allein, das macht mürrisch«, sagte er kopfschüttelnd. Wieder einmal fühlte sie sich wie ein dummes Kind in seiner Gegenwart. Kathleen schluckte gegen die aufsteigende

Magensäure an. Sie spürte schon das Brennen in der Speiseröhre.

»Mir ist schlecht von deinem Gelaber«, murmelte sie. Cedrick Wagner zog die buschigen Brauen hoch, die beinahe so blond waren wie sein gegeltes Igelhaar, hob die Hand und wollte ihr damit über eine Wange streichen.

Ich bin doch kein Hund, dachte Kathleen zurückweichend. Ein Wink des Himmels, denn in diesem Moment tauchte Paul auf. Jener junge Mann, der drei Wochen ihr Untermieter war und ein Zimmer im Parterre bewohnte. Er parkte seinen Wagen direkt hinter Cedricks schwarzem BMW. Kathleens Plan, Cedrick mit Paul eins auszuwischen, ging auf. Schon lange hatte sie auf die Gelegenheit gewartet, ihn von jenem hohen Ross zu holen, auf dem er sich gerne präsentierte. Den letzten Satz, den er ihr entgegengeschleudert hatte, würde sie nie vergessen: *So schnell wirst du keinen Neuen finden. Jedenfalls keinen, der so gut aussieht wie ich, dazu Köpfchen hat und nicht nur an dein Geld will.*

»Jetzt sei nicht so ein Trotzkopf«, sagte Cedrick und stopfte die Blumen oder besser das, was davon noch übrig war, in die neben ihm stehende Mülltonne. Er seufzte betont wehmütig. Bestimmt bereute er jeden Cent, den er dafür ausgegeben hatte. Bereits in dem Moment, als er über die Schwelle des Blumenladens trat. Aber eines musste man ihm anrechnen. Seinen Geiz hatte er für die Blumen abgelegt, zumindest ein wenig.

Kathleen schmunzelte, als der gut aussehende Paul aus seinem silbernen Nissan stieg, die Sonnenbrille in das schwarze, kurze, leicht wellige Haar steckte und lässig auf sie zusteuerte. Im Gegensatz zu Cedrick war er leger gekleidet – Jeans, ein halb offenes, weißes Hemd über braungebrannter Brust. So gesehen wirkten beide wie Feuer und Wasser. Cedrick bevorzugte zudem bleiche Haut, da diese seiner Meinung nach einen nobleren Touch ausstrahlte.

Paul zwinkerte ihr zu. Seine Augen glänzten, und ein angenehmes Kribbeln besänftigte sogar Kathleens Magen. Ihre beste Freundin Alice Clarkson hatte Paul ein *Sahneschnittchen* genannt. Sie war froh, dass sie ihrer Bitte, Paul eine Weile bei sich wohnen zu lassen, letztendlich zugestimmt hatte. Er sei der Bekannte einer sehr guten Patientin von Alice, die diese seit Jahren betreute. Pauls Ehe war gescheitert. Zusammen mit seiner Frau habe er in Boston gelebt und nach der Trennung aus dem gemeinsamen Haus ausziehen müssen.

Alice war, wie Kathleen, achtundzwanzig Jahre alt. Sie hatte hier in New York, Neponsit, eine gut laufende Psychologiepraxis und kümmerte sich mit Hingabe um deren Patienten. Alice selbst wohnte ebenfalls in Neponsit, zusammen mit ihrem Freund

John. Nie im Leben hätte er es geduldet, Paul aufzunehmen. Seine Eifersucht stand dem im Wege. Es war auch kein Geheimnis, dass Alice gerne flirtete.

Mit ihrer Hilfe kaufte sich Kathleen nach der Trennung vom zwei Jahre älteren Cedrick in Neponsit ein hübsches, kleines, weißes Haus. Es zierte eine umlaufende Holzveranda. In der anliegenden Garage parkte ihr neues rotes Audi Cabrio. Die ruhige Wohnstraße und der kleine Garten machten den Traum perfekt. Auch in anderen Dingen musste sie ihrer Freundin Recht geben. Paul sah wirklich umwerfend aus. Sie biss sich kurz auf die Unterlippe und konnte einen Seufzer nicht unterdrücken.

»Hallo, schöne Frau«, begrüßte Paul sie, zwinkerte ihr noch einmal zu und wandte sich dann dem Besuch zu, der ihn erstaunt von oben bis unten musterte.

»Paul Brooks. Guten Tag«, stellte er sich vor, reichte Cedrick eine Hand, die dieser nur zögerlich ergriff.

»Cedrick Wagner.«

»Ich überlege ebenfalls«, bemerkte Paul und schob sich einen Kaugummi in den Mund.

»Was?«, fragte Cedrick. Auch Kathleen verstand nicht, was Paul damit meinte.

»Na, eine Lebensversicherung abzuschließen. Sie sind doch von der Versicherung oder nicht? Steht ja groß und breit auf der Heckscheibe Ihres Autos.«

»Ah, ja natürlich! Ich bin selbständig. Aber ich bin heute nicht geschäftlich hier«, entgegnete Cedrick und verengte die Augen ein wenig, als hätte Paul ihn angegriffen. Kathleen schüttelte ihre blonden, schulterlangen Naturlocken. Sie spürte Cedricks Eifersucht regelrecht und jubelte innerlich.

»Oh! Na gut ...«, setzte Paul an, stoppte aber. Er begriff die Situation. Kathleen hatte ihm am Tag zuvor ein wenig über Cedrick erzählt, als Paul auf eines seiner früheren Geschenke gestoßen war, ein Buddelschiff.

»Ich geh mal rein. Wir können ja irgendwann wegen einer Versicherung quatschen. Eventuell«, fügte er hinzu, hob eine Hand zum Abschied und verzog sich ins Haus. Als er verschwunden war, fragte Cedrick: »Ist aber nicht dein Neuer, oder?«

Einen Augenblick verschlug es Kathleen die Sprache. »Wieso nicht?«

Er zuckte lachend mit den Schultern.

»Weiß nicht, ist viel zu ... locker für dich. Und wohl auch zu jung.«

»Er ist so alt wie ich. Und was soll das denn heißen? Dass ich engstirnig oder verklemmt bin und alt aussehe? Na, das sagt der Richtige.«

Cedrick rutschte sein höhnisches Grinsen aus dem Gesicht. »Du willst mich doch wohl nicht als verklemmt bezeichnen oder behaupten, ich hätte eine engstirnige Einstellung? Nur weil du ein Chaosfreak bist. Sieh mich an. Ich bin in den besten Jahren. Aber du kannst nichts dafür. Deine Eltern haben dich halt so erzogen, dass du dauernd …«

Abwehrend hob Kathleen die Hände.

»Hör auf! Ich weiß, dass du sie nicht magst. Dass du glaubst, mein ganzes Umfeld sei krank, und dass es nur deshalb nicht mit uns funktioniert hat. Dabei haben sich meine Eltern nie eingemischt. Sorry, dass du so unter dem angeblichen Chaos leiden musstest. Armer Cedrick. Bei dir durfte nicht einmal ein Staubkorn durch die Luft der Wohnung wirbeln, ohne dass du ausgeflippt wärst. Das war ja nicht zum Aushalten und nur ein Grund, weswegen … Nein. Was soll's? Ich mag mich nicht mehr aufregen. Macht müde. Lassen wir es gut sein. Paul ist mein neuer Freund, ja. Aber eigentlich geht es dich nichts an. Das Haus hier gehört mir, und es ist mein Leben. Mein neues, freies Leben. Ich genieße jede Minute. Schön ist es. Wundervoll. Lebe du also dein Leben in der Upper West Side, und ich lebe meines hier in Neponsit. Wie gesagt, es ist toll hier. Nur fünfhundert Fuß zum Strand, nette Nachbarn, man kann das Auto sogar draußen stehen lassen.«

»Schön für dich. Mein Appartement war dir wohl zu klein.«

»Ich hatte dir doch gerade erklärt …«

Sie atmete aus. Ihr Kopf begann zu schmerzen, so wie früher, wenn sie versuchte, mit Cedrick ein normales Gespräch zu führen. Es führte meist zu einer argumentativen Karussellfahrt.

»Deine Wohnung jedenfalls hatte rein gar nichts mit meinem Entschluss zu tun, dich zu verlassen. Eines Tages wirst du einsehen, dass ich uns beiden damit einen Gefallen getan habe. Alles Gute, Cedrick, viel Glück und Erfolg.«

Die Lippen aufeinander gepresst verschränkte Cedrick die Arme vor der Brust, schüttelte den Kopf, wandte sich um und ging, ohne ein weiteres Wort zu sagen.

Endlich, dachte Kathleen, klatschte in die Hände. Cedrick stieg in den BMW und raste wie vom Teufel verfolgt los. Sie hatte es tatsächlich geschafft, ihn in seiner Eitelkeit zu kränken. *Einmal so richtig. Strike!* Unterschwellig brodelte ein Vulkan in ihr.

Als sie an Pauls Zimmer vorbeikam, hörte sie ihn telefonieren. Alice und sie fragten sich schon länger, ob er eine neue Freundin hatte. Paul war nicht gerade redselig, wenn es um sein Privat- und Berufsleben ging. Er hatte ihr gegenüber nur gesagt, dass er diese Bleibe übergangsweise brauche, bis er etwas Eigenes gefunden habe. Zudem habe er bald ein wichtiges Vorstellungsgespräch in New York. Für was, dazu wollte er sich nicht äußern. Von der Trennung erwähnte er ihr gegenüber kein Wort. Lieber machte er Witze, über die man wirklich lachen konnte und die ohne Schmutz oder versteckte Beleidigungen auskamen. Zuerst war sie Alices Bitte, einen Unbekannten bei sich aufzunehmen, mit Skepsis begegnet. Zumal sie selbst öffentlichkeitsscheu war und nicht gerne Fremde im Haus hatte. Aber sie schuldete Alice einen Gefallen und vertraute ihr, dass mit dem Bekannten ihrer Patientin alles in Ordnung sei. Daher sah sie auch von einem Mietvertrag ab, ebenso von Nachfragen zu seiner Bonität. Er sollte ja nur für eine kurze Zeit bei ihr wohnen. In gut einem Monat, bereits Mitte August, wollte er schon wieder ausziehen.

Der größte Entscheidungsfaktor war am Ende ein Foto Pauls, das ihr Alice vor dem ersten Treffen mit ihm gezeigt hatte. Groß, sportlich, saphirblaue Augen, hohe Wangenknochen, ein sanftes Lächeln, bei dem sich ein Grübchen in seinem Kinn bildete. *Vielleicht war er Model oder angehender Schauspieler,* ging es ihr damals sofort durch den Kopf. Sicher hätte er auch Charakterrollen übernehmen können.

Ihre Erziehung verbot es, an fremden Türen zu lauschen. *Aber eine Ausnahme wird mich nicht in die Hölle bringen,* dachte sie und presste ein Ohr dagegen.

»Ja, ich habe das Buch schon hier. Sehr, sehr interessant. Danke nochmals für den Tipp. Natürlich, das hilft mir außerordentlich. Es muss alles bis ins kleinste Detail stimmen«, hörte sie Paul sagen. Mehr konnte sie nicht verstehen, da in dem Moment ihr Geschirrspüler in der Küche durch ein Pfeifen vermeldete, dass er fertig sei.

Während sie Gläser und Teller ausräumte, ließ sie das Gespräch mit Cedrick noch einmal Revue passieren, verbannte es dann endgültig in die hinterste Ecke ihres Gehirns. Da gehörte es auch hin. Vier Jahre Energie- und Zeitverschwendung sollten genug sein. Kathleen war froh, dass sie ihn nicht geheiratet hatte.

Paul kam aus seinem Zimmer, das direkt hinter dem kleinen, ovalen, mit hellen Steinplatten ausgelegten Eingangsbereich angrenzte. Er nahm sich einen Apfel, schälte ihn, spießte ihn sodann auf eine Gabel und streute anschließend nicht gerade wenig Zucker darüber.

Beneidenswert! Ständig stopft er Süßes in sich hinein, ohne erkennbar zuzunehmen. Sein Körper ist eine wahre Kalorienverbrennungsmaschine, dachte Kathleen, die ihn dabei beobachtete. Sie selbst hingegen musste auf gesunde Ernährung achten, um ihre schmale Taille zu halten.

»Alles okay?«, fragte er.

»Hm? Ja, ja, alles bestens.«

Sie sah ihm an, dass er ihr das nicht glaubte. Das tat sie ja schließlich auch nicht, war aber froh, dass er nicht weiter bohrte. Sie begann damit, die Oberfläche der Arbeitsplatte zu wischen und sah zu, wie er genüsslich in den Apfel biss. Dabei rann ihm ein Safttropfen über das Kinn, der sich seinen Hals hinunter schlängelte und unter dem schneeweißen Hemd auf der Brust verschwand. Kathleen fuhr in Gedanken der süßen Tropfenspur mit der Zungenspitze nach, aber ihre Fantasie wurde jäh von der Türklingel unterbrochen. Erschrocken zuckte sie zusammen. Sie fühlte sich bei ihren Gedanken ertappt. Paul legte den Apfel auf die Anrichte.

»Bestimmt Tim, mein Kumpel. Bin nochmal weg«, verkündete er und schob sich aus der Küche. Sekunden später hörte sie die Haustür ins Schloss fallen.

Kathleen starrte auf den Apfel und verzog den Mund. Paul war ein kleiner Chaot. Aber sie konnte ihm nicht böse sein. Sie selbst war wirklich nicht penibel, wenn es um so etwas ging, aber zu viel Chaos mochte sie auch wieder nicht. Paul hatte jedoch etwas an sich, das sie magisch anzog und all das wettmachte.

Auf dem Weg ins Wohnzimmer fiel ihr auf, dass Pauls Zimmertür einen Spalt offen stand. Augenblicklich hielt sie inne. Manchmal sperrte Paul seine Tür ab, was ihr zuerst sauer aufgestoßen war, da ihm fast alles im Haus frei und unverschlossen zur Verfügung stand. Alice hingegen hatte gesagt, dass sie selber auch so handeln würde. Fakt war jedenfalls, sie kannten sich ja kaum. Sollte sie mal nachschauen?

Nur kurz? Ist doch nichts dabei. Also im Grunde, sozusagen, eigentlich, überzeugte sie sich selbst. Ihr rechter Arm bewegte sich automatisch. Die Tür quietschte leise in den Angeln, als sie sie weiter aufstieß und eintrat. Aufgeregt sah sie sich um. Pauls lässiges, manchmal etwas wildes Wesen spiegelte sich auch in seinem Zimmer wider. Gleich mehrere leere Kaffeebecher lagen auf einem Stapel Kartons, Cola-Dosen unter dem Schreibtisch, hier und da leere Papierblätter, CDs und DVDs zwischen Grünpflanzen.

Kathleen schlich vorsichtig durch die Unordnung und hielt vor einigen Fotos inne, die gerahmt an der Wand über Pauls Bett hingen. Sie zeigten ihn zusammen mit einer hübschen Blondine, deren kurzes Haar glänzte, als wäre es mit Lack überzogen. Während Paul breit und überdeutlich grinste, hatte das bleiche, sommersprossige Gesicht der Frau einen sehr ernsten Ausdruck. Es schien Kathleen so, als habe man sie gezwungen, in die Kamera zu blicken.

Ob das Pauls Ex-Frau war?

Kathleen hörte ein Knacken im Flur. Erschrocken hielt sie die Luft an. *Kommt Paul etwa schon zurück?*

17

Sie musste sein Zimmer schnellstens verlassen, wollte sie nicht erwischt werden. Sie beeilte sich, aber kurz vor der Tür stolperte sie über den Kartonstapel und landete bäuchlings auf dem Flurboden. Ihre Nase berührte die Spitze eines karminroten Stöckelschuhs, den sie zum Glück gut kannte. Sie atmete erleichtert auf.

»Ach, du bist es nur, bin ich froh«, sagte sie und rappelte sich auf. Alice half ihr lachend.

»Na, vielen Dank auch. *Nur!* Hast wohl gedacht, es wäre Paul. Warst du etwa in seinem Zimmer schnüffeln?«

Während sie das sagte, verrenkte sie sich den Hals bei dem Versuch, am Türrahmen vorbei selbst einen Blick hineinzuwerfen.

»Und?«, wollte sie wissen.

Kathleen schloss die Tür und rieb sich das brennende Knie.

»Ich habe nicht geschnüffelt. Es roch nur komisch … durchs Schlüsselloch. Da dachte ich, ich schau mal nach.«

Alice zwinkerte ihr zu.

»Na klar. Man muss aufpassen!«

»Eben.«

»Und? Was Interessantes entdeckt?«

»Nein. Also … alles in Ordnung, von der Unordnung abgesehen. Und du hast die Klingel nicht mehr gefunden, wie?«

»Hallo!?«

Alice klimperte mit dem Zweitschlüssel, den Kathleen ihr nach dem Einzug gegeben hatte. Sie hob die Augenbrauen und spitzte die Lippen.

»Oh. Ja. Sorry, hatte kurz vergessen, dass du den hast.«

»Bisschen durcheinander, was? Außerdem habe ich dich gerufen.«

»Nichts gehört.«

»Kein Wunder, wenn man so tief in den Sachen anderer steckt.«

Kathleen verengte die Augen, und Alice lachte.

»Nur Spaß«, sagte sie und zeigte auf zwei Kartons, die sie im Flur abgestellt hatte.

»Was ist das?«

Alice seufzte, fuhr sich mit den Fingern durch die schulterlange, rote Mähne. Der marineblaue, kurze Jumpsuit unterstrich perfekt ihre sportliche Figur.

»Du wolltest unbedingt meine Fachbücher über Hypnose. Schon vergessen? Die Recherche für deinen neuen Thriller? Also doch ein kleiner Anflug von Alzheimer?«

»Quatsch. Klar weiß ich das noch. Nur …«

»Kurz vergessen. Verstehe.«

»Sorry, Süße. Du schleppst dir hier einen Wolf und ich dumme Kuh … Wow, danke dir.«

Kathleen ging an ihr vorbei und öffnete den ersten Karton.

»Das ist klasse, genau, was ich brauche.«

»Verrätst du mir, wie der Thriller ausgeht?«

Während Kathleen die Bücher durchwühlte, sagte sie: »Nein! Außerdem bin ich selbst nicht ganz schlüssig. Die Figuren entwickeln gerade einen eigenen Kopf. Besonders Jason. Ich glaube, der will zum Schluss noch eine Abzweigung nehmen.«

»Bist schon ein verrücktes Huhn. Okay, ich warte. Habe dich trotzdem lieb.«

Kathleen wandte sich schnell zu ihr um.

»Aber kein Wort zu Paul.«

»Du meinst, dass du in Wirklichkeit Kate Simon, die Bestseller-Thriller-Autorin bist?«

»Genau! Ich will, dass das unter uns bleibt. Also pass auf, wie du mich ansprichst in seiner Gegenwart.«

»Kate Simon, die Katze mit den grünen Augen! Okay. Aber ehrlich, ich könnte das nicht. So im Verborgenen bleiben. Ich würde den Ruhm öffentlich genießen wollen«, erwiderte Alice.

Kathleen legte ihr einen Finger auf den Mund und zog die Brauen nach oben.

»Sie kennen meine Augen. Die sind das Wichtigste. Sie spiegeln die Seele wieder. Das muss reichen. Alles andere hat noch Zeit.«

»Und du besitzt eine himmlisch gute Seele, ich weiß.«

»Ich bemühe mich jedenfalls.«

Alice zwinkerte ihr zu. »Ich meine das ernst. Zu gut manchmal. Und ich verstehe dich ja. Du hast Angst, er könne sich nur deswegen in dich verlieben, weil du bist, wer du bist.«

»Quatsch! Verlieben?« Sie lachte kurz auf. »Daran … nein, daran dachte ich jetzt gar nicht.«

Kathleen registrierte die ansteigende Wärme in ihren Wangen und wusste, dass sie rot wurde. Wieder zwinkerte Alice ihr zu.

»Außerdem ist er ein Chaot.«

»Was soll das denn heißen? Cedrick war dir immer zu penetrant, die Ordnung betreffend, und bei Paul beschwerst du dich? Typisch Frau. Du weißt auch nicht, was du willst.«

Kathleen stutzte. »Doch! Ich meine nur …«

»Schon okay, Kathi.«

Alice half ihrer Freundin noch beim Auspacken der Bücher und machte sich dann zurück auf den Weg in ihre Praxis.

Wieder alleine wagte Kathleen erneut einen Blick in Pauls Zimmer. Bei der ersten Inspektion war ihr das Buch, das unter einem Berg Hemden hervorlugte, nicht aufgefallen. Nun aber sprang es ihr in die Augen. Sie hielt kurz inne, schob sich die Ärmel der rosefarbenen Satinbluse hoch und wischte sich mit einer Hand über die Stirn. Dann lauschte sie. Kein Geräusch. Ihre Nervosität blieb. Sie drückte den Stapel Hemden ein Stück zurück und stutzte. *So tötete ich meine Frau*, lautete der Titel. Kathleen erinnerte sich unwillkürlich an die Gesprächsfetzen, die sie durch Pauls Tür aufgeschnappt hatte. Ihr wurde heiß und kalt zugleich. In ihrem Kopf kreisten die Gedanken.

Sie kannte das Buch, hatte es zwar nicht gelesen, aber von ihm gehört. Es handelte sich um die selbst verfasste Rechtfertigung eines wegen besonderer Schwere der Schuld lebenslang verurteilten Mörders. Sein Buch verkaufte sich so schlecht, dass es nur diese eine Auflage gab. Die Menschen wollten ihn durch den Kauf seines Buches nicht auch noch finanziell unterstützen, zumal er sich im Recht sah. Seine Frau habe den Tod verdient.

Kathleen schüttelte den Kopf. Dann hörte sie ein Klicken und Poltern. Sie erstarrte. »Shit!«, flüsterte sie. Sie zog die Hemden an ihren alten Platz und huschte in die Küche. Kurz darauf stand Paul in der Tür, mit diesem unvergleichlichen Lächeln und zwei Bechern Kaffee in den Händen. Kathleen fragte sich, ob sie nicht das Genre wechseln sollte.

»Ich dachte, du möchtest vielleicht auch einen. Du hast bestimmt wieder viel geschrieben. Hat es gut geklappt?«

Kathleen versuchte, ruhig zu atmen. Ihr Herz schlug wild. Paul kam auf sie zu und reichte ihr einen der Becher, den sie mit einem dankbaren Nicken entgegennahm.

»Nett von dir. Danke. Ja, es waren etliche Berichte zu tippen.«

»Sieht aber so aus, als warst du joggen oder so.«

Verwirrt starrte sie ihn an.

»Du schwitzt.«

»Oh! Ich wollte nur fertig werden und habe Gas gegeben.«

»Diese Arbeit für das Schreibbüro, erfüllt dich das?«

»Ja, tut es.«

Kathleen nippte an ihrem Kaffee und schmunzelte. Paul hatte nicht vergessen, dass sie ihn mit Milch und Süßstoff mochte. Alice würde deshalb von einem eindeutigen Zeichen seiner Zuneigung sprechen. Sie hatte Paul erzählt, dass sie Schreibarbeiten für eine Firma erledigte und deshalb bequem von zu Hause aus arbeiten konnte.

»Wir haben gar nicht darüber gesprochen, was du so machst oder gemacht hast«, nahm sie das Thema auf. Er spitzte die Lippen und zog eine Braue nach oben, so als wüsste er es selbst nicht mehr. »War bisher recht uninteressant. Verschiedene Jobs. Hier und da«, druckste er näher kommend herum. »Verrate es niemandem, aber ich habe früh die Schule geschmissen«, ergänzte er.

»Wow. Oh!«

»Ich bin Überlebenskünstler. Hey, keine Angst! Dein Geld bekommst du. Versprochen. Es ist auch schon was Neues in Aussicht. Etwas, das ich seit Ewigkeiten machen wollte. Meine Berufung, wenn du so willst.«

Sie fühlte eine knisternde Anspannung im Raum, von der sie nicht wusste, ob sie ihr gefiel oder nicht.

»Und was?«

»Typisch frauliche Eigenschaft.«

Kathleen zog die Stirn in Falten, woraufhin Paul zu lachen begann. »Na, ihr seid so was von neugierig. Aber wenn es soweit ist, dann erfährst du es als Erste. Versprochen.«

Während er das sagte, lachte er so charmant, dass sie ihm nicht böse sein konnte.

»Darauf bestehe ich auch«, erwiderte sie. Die Gedanken an das Buch hatten sich beinahe verflüchtigt.

Indizien

Als Kathleen am nächsten Tag vom Einkaufen zurückkam, war Paul nicht zu Hause. Sie fand jedoch einen Zettel auf dem Küchentisch, was sie überraschte. Darauf stand: *Komme erst abends zurück. Küchendienst mach ich morgen, versprochen.*

Ah, daher wehte der Wind. Sie war allerdings froh, allein zu sein. Sie ließ die Einkaufstüten und den Schlüssel auf den Küchentisch fallen und steuerte erneut Pauls Zimmer an. Mit einem Ruck öffnete sie die Tür und trat ein. Sie ging zum Schreibtisch, auf dem gestern noch das Mörder-Buch unter den Hemden gelegen hatte.

Ob er vielleicht bemerkt hatte, dass sie in seinem Zimmer gewesen war? Jedenfalls lag es nicht mehr am alten Platz. Sie blickte sich um. Alles sah normal aus, von der üblichen Unordnung abgesehen. Egal, wo sie auch suchte, das Buch blieb verschwunden.

Unter dem Bett entdeckte sie einen mit schwarzem Papier verzierten Schuhkarton. Das Herz hämmerte gegen ihren Brustkorb. Schnell zog sie die Schachtel hervor, wobei sie sich so stark auf Unterlippe biss, dass sie Blut schmeckte. Den Geschmack von Eisen auf der Zunge inspizierte sie den Inhalt der Box. Kathleen fand Zeitungsartikel, ein weißes Kuvert und Fotos von jener Frau, die mit Paul auf den Bildern an der Wand abgelichtet war.

Mit zittrigen Fingern durchblätterte Kathleen die Zeitungsberichte und las flüsternd die Überschriften:

»Polizei tappt im Fall der jungen Toten noch immer im Dunkeln. Stand Vermisste mit Rotlichtmilieu in Verbindung? 27-jährige Frau tot in Manhattan aufgefunden. Polizei geht von einem Gewaltverbrechen aus.«

Es folgten Berichte über verschiedene Fälle. Das Adrenalin raste in Kathleens Adern, so dass ihr schwindlig wurde. Schließlich nahm sie das Kuvert und zog ein beschriebenes Blatt heraus. Die Handschrift gehörte eindeutig Paul.

Es war Mittsommer, ungefähr eine Stunde nach Mitternacht, als ich sie sah. In ihrem Minikleid stolzierte sie um den Mercedes herum, das Nylon ihrer schwarzen Strümpfe glitzerte im Licht der Straßenlaternen. Lachend zog sie die Beifahrertür auf und ließ sich auf den Sitz fallen. Eine Zeitlang war sie den Gehsteig der Elfenallee auf und abgegangen. Ich wusste es! Sie konnte nur eine kleine Prostituierte sein, die mein Geld im Sinn hatte. Von wegen Managerin. Der Typ, der sie mitnehmen wollte, war sicher ein reicher Geschäftsmann und machte zu Hause auf liebenden, fürsorglichen, braven Papa. Meine Wut schwoll an, während ich an ihr Gesäusel dachte, ihre Liebesbekundungen. Alles Lügen! Ohne länger nachzudenken, zog ich die Pistole aus meiner Jackentasche und eilte über die Straße, direkt auf den Mercedes zu.

Kathleen wendete das Blatt, aber auf der Rückseite strahlte ihr nur Leere entgegen. Ohne es zu bemerken, glitt ihr die Seite aus den Fingern und landete auf dem olivfarbenen Teppich.

»Dieses Mal habe ich geklingelt.«

Erschrocken fuhr Kathleen herum und blickte direkt in das Gesicht von Alice. Sie schnappte nach Luft. »Du!«

»Ja, wieder nur ich! Hey, du bist ja ganz bleich.«

Kathleen bückte sich zur Seite, steckte das Papier in das Kuvert und legte dieses in die Box zurück. Sie war so in Gedanken versunken gewesen, dass sie die Klingel nicht gehört hatte. Sie wollte Alice alles erklären, brachte aber kein Wort heraus.

»Sag mal, schnüffelst du etwa schon wieder in Pauls Sachen?«

Kathleen starrte auf die Schachtel und drückte sie Alice schließlich in die Hand. Nach mehrmaligem Räuspern kehrte ihre Stimme zurück: »Schau bitte rein. Vielleicht heißt Paul gar nicht Paul«, sagte sie.

Sie musterte Alice, deren Brauen sich skeptisch zusammenzogen, während diese den Inhalt der Box unter die Lupe nahm.

Tausend Gedanken tummelten sich in Kathleens Kopf. Was wäre, wenn Paul wirklich seine Frau umgebracht hatte und sich in Wahrheit auf der Flucht befand? Und was, wenn sie ihn enttarnen könnte?

Thrillerautorin Kate Simon
überführt echten Mörder.

Sie sah die Schlagzeile bereits vor sich und hörte das in Wallung geratene Blut in ihren Ohren rauschen. In ihren Romanen hatte sie natürlich einige Fälle gelöst und sich dazu intensiv mit Kriminalistik und Ermittlungsmethoden beschäftigt. Plötzlich fand sie den Gedanken, einen tatsächlichen Mörder zu überführen, äußerst attraktiv, auch weil sie sich in ihrem sonst eher ruhigen Leben nach etwas Abenteuer sehnte. Außerdem musste ein Mörder seine gerechte Strafe bekommen. Obwohl das Unbehagen blieb, überwog die Faszination, ihn dingfest zu machen, wenn sich ihr Verdacht bestätigen sollte.

»Sag bloß, du vermutest, dass Paul mit einem dieser Fälle etwas zu tun hat«, sagte Alice mit fassungslosem Unterton in der Stimme. Sie fixierte Kathleen erst ernst, lachte dann aber auf.

»Ich glaube, ich kenne Paul inzwischen doch so gut, um sagen zu können, dass er ein prima Kerl ist.«

»Ja, er ist ja auch nett und so. Aber …«

»Kathi, der tut bestimmt keinem was. Und hierfür«, sie wiegte die Schachtel in ihren Händen, »gibt es sicher eine einfache Erklärung. Und das auf den Fotos ist am Ende eine Cousine oder seine Schwester.«

»Da wohne ich vielleicht mit einem Mörder zusammen, und das ist alles, was du dazu sagst?«

Sie stürmte zum Schreibtisch und zeigte auf dessen Mitte: »Hier, genau hier, lag ein Buch. Nicht irgend eins, sondern: So tötete ich meine Frau. Was sagst du jetzt?«

Alice zuckte mit den Schultern.

»Kenne ich nicht. Ein Roman? Es gibt viele Krimis und Thriller, wie du ja wohl am besten weißt.«

Hektisch erzählte Kathleen ihr mehr über das Buch und zeigte auf die Fotos an Pauls Zimmerwänden.

»Und du meinst, er hat sie …«, Alice fuhr sich mit einem Finger waagrecht über den Hals. »Das ist doch Irrsinn.«

»Ich habe da ein komisches Gefühl, zumal Paul auch sonst so verschlossen ist, wenn es um sein Leben geht.«

»Er hat meiner Bekannten übrigens von seiner Frau erzählt. Sie haben telefoniert.«

»Ach wirklich? Und was hat er gesagt?«

Kathleen knetete gespannt ihre Hände.

»Er sagte nur, dass sie vor kurzem ins Ausland ausgewandert sei, in einem Haus am Meer wohnt und die Idylle der Insel genießt. Wo genau wollte er nicht sagen, erzählte sie. Sie kennt nicht mal ihren Namen.«

Alice tippte sich mit den Fingern gegen die Lippen. Ihre felsenfeste Meinung über Paul geriet ein wenig in Schieflage.

»Was überlegst du?«, wollte Kathleen wissen, legte die Schachtel wieder unter Pauls Bett und schob ihre Freundin aus dem Zimmer. »Wo hat deine Bekannte ihn eigentlich kennengelernt?«, fragte sie.

»Beim Bowling. Sie geht regelmäßig, so wie er früher auch. Wohl zum Ausgleich.«

»Ich werde es herausfinden«, murmelte Kathleen. Alice schaute sie überrascht an.

»Was?«

»Ich werde ihn beschatten.«

»Deine Augen machen mir Angst, Kathi. Sie funkeln so seltsam.«

Kathleen fasste ihre Freundin an der Schulter.

»Ich muss das tun.«

»Das ist verrückt. Wenn du wirklich glaubst, dass er ein Mörder auf der Flucht ist, dann ruf die Polizei und lass ihn überprüfen.«

»Nein! Keine Polizei. Ich mache das selbst.«

Alice schüttelte den Kopf.

»Er wird mir nichts tun. Ich bin sicher. Wenn, dann wollte er nur seine Frau umbringen, sie endgültig loswerden. Über solche Fälle habe ich schon recherchiert. Er ist deswegen noch lange kein Serienmörder. Verstehst du?«

Abermals schüttelte Alice den Kopf.

»Nein, tut mir leid. Aber du bist alt genug. Nur, du bist auch meine allerbeste Freundin. Ich will nicht, dass du dich da in was verrennst. Und ich glaube, anhand dieser wenigen Anhaltspunkte, dass dir das durchaus passieren könnte.«

»Das will ich ja herausfinden. Auf eigene Faust. Unter meiner Regie. Nur unter meiner. Okay?«

Alice nickte seufzend, auch wenn es ihr merklich schwerfiel.

Erste Ermittlungen

»Ja, mach dir keine Sorgen. Alles gut. Ich werde dir heute Abend schreiben. Der Abgabetermin für meinen neuen Thriller steht kurz bevor. Sind nur noch ein paar Seiten. Den Termin habe ich schon mal verschoben. Das kann ich nicht wieder bringen«, erklärte sie Alice, die sich nach dem neuesten Stand der Ermittlungen erkundigte. Sie lag ihr immer noch damit in den Ohren, diese lieber der Polizei zu überlassen.

»Die würden mir doch jetzt nicht glauben. Ich will außerdem keinen Wirbel. Du weißt, wer ich bin. Am Ende bekommt das irgendein Journalist mit und schreibt etwas Dummes darüber. Wie stehe ich dann da, wenn es sich als Irrtum herausstellt?«

»Du hast sie echt nicht mehr alle. Ich sagte ja bereits, vielleicht solltest du das Genre wechseln.«

»Keinesfalls, Alice. Ich weiß, was ich tue. Gerade die absolut netten und lieben Bekannten sind es doch oft, die …«

»Ich glaube das nicht. Nur wegen eines Buches, ein paar Fotos und Artikel. Mach dich nicht verrückt. Ich sehe eigentlich sofort, wenn jemand lügt. Berufserfahrung. Und Paul macht keineswegs den Eindruck. Sein Blick ist immer offen …«

»Und ich habe in all den Jahren meiner Schriftstellerkarriere schon genug recherchiert, um zu wissen, dass es Verstellungskünstler par excellence gibt, Alice. Warum um alles in der Welt sammelt er solche Artikel?«

Ihr fiel ein, dass sie ihr seinen Text gar nicht gezeigt hatte.

»Glaubst du nicht, er säße noch immer in Untersuchungshaft, wenn da ein Verdacht bestünde?«

»Na ja, vielleicht konnte er sich gut herausreden, hatte ein Alibi.«

Nach dem Telefonat huschte Kathleen wieder einmal in Pauls Zimmer und entnahm ein paar der Artikel, die sie bisher nicht näher betrachtet hatte. In einem wurde von einem weiblichen Opfer mit kurzen blonden Haaren berichtet. Zudem hieß es, die Tote habe vielleicht dem Rotlichtmilieu angehört, was zu Pauls Zeilen passte. Aufgeregt legte sie die Artikel zurück und begann, im Internet zu recherchieren. Tatsächlich stieß sie dabei auf einen Fall, der sie noch stutziger machte und sich erst vor ein paar Wochen in Boston ereignete.

»Im Mordfall einer Frau gilt ihr Mann bislang als Hauptverdächtiger«, las sie leise den Titel. Ihr Mund stand offen, während sie den Bericht überflog. Wie es dort hieß, sei er auf der Flucht, nachdem er seine Frau erschossen hatte. Es gab ein Foto von ihm, welches leider ziemlich unscharf war. Zwar hatte der darauf abgebildete Mann dunkles Haar wie Paul, trug aber einen Bart. Den konnte er sich inzwischen abrasiert haben, dachte sie. Vielleicht, sinnierte sie weiter, handelte er aus Eifersucht, da sie mit dem Rotlichtmilieu in Verbindung stand. Die Polizei erwähnte nichts davon, aber sie konnte sich durchaus vorstellen, dass das ein Motiv war. Vorausgesetzt Paul und der Ehemann wären ein und dieselbe Person. Ein Foto der Frau gab es leider nicht. Das Klingeln ihres Handys riss sie aus den Gedanken.

»Hallo, hier Kate …ähm Kathleen?«

Sie musste höllisch aufpassen, sich nicht irgendwann einmal komplett mit Kate Simon zu melden. Viele ihrer vor allem männlichen Fans hatten schon oft versucht, ihre Adresse ausfindig zu machen.

»Ich bin es.«

»Oh, Cedrick. Was gibt es?«

Sie seufzte leise, lief in die Küche und behielt von dort aus die Haustür im Blick.

»Nichts Wichtiges. Wollte nur mal hören, wie es dir so geht.«

»Prima, danke.«

Sie verdrehte die Augen und begann, auf ihren Fingernägeln zu kauen.

»Ich hoffe, du bist glücklich.«

»Bin ich. Wünsche ich dir auch, Cedrick.«

»Wenn dein Freund tatsächlich an einer Versicherung interessiert ist, dann können wir uns gerne mal zusammensetzen.«

Kathleen fragte sich, ob Cedrick wirklich an einem Abschluss oder eher an der Befriedigung seiner Neugierde interessiert war.

»Ist es tatsächlich was Ernstes zwischen dir und diesem … entschuldige, Hampelmann?«

Gerade, als sie bejahen wollte, fügte er hinzu:

»Kommt mir ein bisschen suspekt vor.«

Für einen Moment hielt sie die Luft in ihren Lungen gefangen.

»Wieso suspekt?«

»Weiß nicht. Zu aufgesetzt. Pass auf dich auf. Hörst du?«

Die Worte wunderten Kathleen. Cedrick mochte ein eingebildeter Rüpel sein, dachte sie, aber manchmal war seine Menschenkenntnis wirklich gut. »Du musst dir keine Sorgen machen, Cedrick. Pauli trägt mich auf Händen.«

»Pauli … wie süß.«

Seine Stimme erhellte sich um zwei Oktaven.

Plötzlich hörte sie das Klicken des Türschlosses.

»Kathleen? Hallo, bist du noch da?«

Sie wollte das Gespräch beenden, überlegte es sich jedoch anders. Es war vielleicht ganz gut, dass Cedrick gerade am Telefon war.

»Ja … ja, noch da.«

Paul kam herein und hob eine Hand zum Gruß. Sie nickte ihm zu und versuchte zu lächeln, was ihr nur ansatzweise gelang.

Paul stellte unterdessen mehrere Flaschen auf der Ablage ab. Sekt, Whiskey und zwei Sixpack Bier. Hatte er vor, eine Party zu schmeißen?

»Wir machen uns einen gemütlichen Abend.«

Paul zeigte auf sie und nickte lächelnd. Er schien in einer fantastischen Laune zu sein.

»Ja, sehr aufregend. So wie dein ganzes neues Leben«, erwiderte Cedrick ironisch.

Das war ein Schuss ins Schwarze.

»Allerdings!«, bekräftigte sie.

Paul ging an ihr vorbei und räumte ein paar Lebensmittel in den Kühlschrank.

»Was ist los? Du wirkst auf einmal so aufgedreht. Ihr macht es doch nicht, während wir …«

»Hallo? Nein!«

»Ja, stimmt. Dafür wärst du …«

»Was?«

»Vergiss es.«

»Ich versuche es, Cedrick.«

Innerlich tippte sie sich an den Kopf, weil sie sich abermals auf ein Gespräch mit ihrem Ex eingelassen hatte. Paul öffnete eine Chipstüte und kam zu ihr. Eines musste sie ihm lassen, er sah wieder verdammt gut aus, duftete nach Lavendel und Zimt. Sein hellblaues Hemd trug er leger offen. Sie konnte sich nicht sattsehen an seinem braungebrannten, durchtrainierten Körper, und es schien ihr, als wolle er genau das provozieren.

»Schmecken himmlisch«, flüsterte Paul und zwinkerte ihr zu, während er die Tüte hinhielt. Sie schüttelte den Kopf.

»Also bist du so richtig verliebt in den?«, ließ sich Cedrick erneut vernehmen.

»Ja, natürlich.«

»Sag Bescheid, wenn du aufgelegt hast«, flüsterte Paul ihr ins Ohr und verschwand. Sie sah ihm hinterher, wie er in sein Zimmer ging und die Tür hinter sich schloss.

»Kathleen? Bist du noch dran?«

»Wie bitte? Ja. Hör zu, wir sind beide erwachsen genug, um zu wissen, was uns gut tut und was nicht. Ich muss jetzt Schluss machen.«

»Halt, warte … Sag ihm das mit der Versicherung.«

Sie drückte auf Beenden und ging langsam auf Pauls nur angelehnte Zimmertür zu.

»Kathleen?«

Sie hielt inne. Er hatte sie also kommen hören.

»Ja?«

»Eigentlich wollte ich Tim mitbringen und auch mit ihm anstoßen. Und mit dir natürlich. Aber leider hat der schon was vor«, hörte sie ihn sagen. Danach zog er die Tür auf und strahlte ihr entgegen. Das hellblaue Hemd hatte er durch ein schwarzes Shirt getauscht. Er wirbelte sich mit einer Hand durchs Haar. Er musste gerade Haargel benutzt haben, denn gleich darauf umhüllte sie eine herbe, angenehme Duftwolke. Sein Blick ließ sie schmelzen wie Eis in der Sonne. Sie stieß einen kleinen Luftstoß aus, als wolle sie so den rosa Schleier wegpusten, der ihre Augen zu vernebeln drohte.

»Anstoßen. Auf was?«

»Es gibt fantastische Neuigkeiten«, sagte er, umgriff ihre Hand und zog sie mit sich in die Küche. Kein Zweifel, die Euphorie, weshalb auch immer, stieg ihm zu Kopf, oder hatte er etwa schon vorgeglüht? Sie seufzte und sah ihm zu, wie er zwei Biergläser aus einem der Hängeschränke holte. Dabei fiel ihr wieder auf, dass selbst die Küche provisorisch wirkte. Genau wie die anderen Räume. Seit dem Umzug hatte sie noch keine Zeit gefunden, alles schön einzuräumen und wohnlich zu gestalten. Dennoch fühlte sie sich angekommen. Modern sollte es werden. Keinesfalls wollte sie es so kitschig wie bei Cedrick. Paul drückte ihr eines der Gläser in die Hand, öffnete danach den Rose-Sekt und schenkte ein. »Wir haben auch Sektgläser, denke ich«, sagte Kathleen leise.

»Warte!«

Er köpfte eine Flasche Bier und goss die schäumende Flüssigkeit hinterher.

»Ein seltsamer Cocktail«, flüsterte sie und zog skeptisch den rechten Mundwinkel nach oben.

»Sag jetzt nicht, dass da noch Whiskey reinkommt.«

»Nein! Aber das ist gut. Vertrau mir!«

Eher nicht, dachte sie.

»Es fehlt noch was«, sagte er und machte sich schon wieder auf den Weg. Rasch öffnete er eine Tüte mit Eiswürfeln, die er gekauft hatte, und kippte je drei davon in die Gläser. Dann nahm er sein Glas und stieß mit Kathleen an.

»Besec.«

»Hm?«

»So heißt meine Erfindung.«

»Deine Erfindung? Aha. Und das ist der Grund, warum wir anstoßen? Hast du ein Patent darauf angemeldet? Ich glaube, da sind schon andere drauf gekommen.«

»Besserwisserin. Nein. Der erste Vorstellungstermin hat leider nicht geklappt. Der wurde abgesagt. Aber ich habe einen neuen, viel besseren. Meine Bewerbungsunterlagen konnten überzeugen. Sie waren richtig begeistert.«

Paul strahlte Kathleen an.

»Wow. Das freut mich für dich.« Tat es wirklich.

Sie trank einen Schluck und gestand sich ein, dass der Drink tatsächlich schmeckte. Zudem kühlte er bei der Hitze, die über Neponsit lag. Immer wieder musste sie Paul ansehen und stellte sich vor, wie er es getan hatte, wenn er es getan hatte. Es war ein unglaublicher Gedanke, doch er konnte durchaus wahr sein.

»Und was ist das für ein Job?«, fragte sie und nippte erneut an ihrem Glas.

»Das verrate ich erst, wenn ich den Arbeitsvertrag in der Tasche habe. Aber es ist schon etwas, das mein Leben verändern wird, wenn es klappt. Punkt. Mehr, sobald es so weit ist.«

Kathleen spielte ein Schmollen, und er musste auflachen.

»Darf ich nun auch mal neugierig sein?«, fragte er, nippte an seinem Glas und stieß erneut mit Kathleen an.

»Tja, kommt darauf an. Um was oder wen geht es denn?«

»Cedrick. Was wollte er? Ich dachte, du hast mich in dem Gespräch erwähnt. Also nicht, dass ich gelauscht hätte, aber es war ja unüberhörbar.«

Sie nahm einen großen Schluck und spürte, dass der Alkohol bereits Wirkung zeigte. Sie beschloss, gleich ein Glas Wasser zu trinken. Paul hingegen sollte ruhig weiter bechern. Vielleicht, so hoffte sie, würde er dann seine persönliche Box der Pandora öffnen. Sie griff nach der Flasche Whiskey und holte zwei neue Gläser.

»Gute Idee«, lachte Paul. Kathleen nickte und schenkte ihm ein.

»Für dich aber auch.«

»Okay.«

Sie prosteten sich zu und kippten den Whiskey in einem Schluck herunter. Sofort goss Paul nach. »Bin gleich wieder da«, sagte er und verschwand erneut in seinem Zimmer.

Kathleen kam diese kleine Pause sehr gelegen, sie ließ Wasser in ein Glas und trank. Kurz darauf kam Paul zurück. Er starrte auf sein Smartphone und blätterte durch die Nachrichten.

»Hast du eigentlich noch Kontakt zu deiner Frau?«

»Ex-Frau«, berichtigte er sie sofort, ohne aufzublicken.

»Entschuldige. Ex-Frau«, wiederholte sie nun präziser. Er schüttelte den Kopf und nippte von dem Whiskey, während er ihr Sekt nachschenkte, um abermals mit ihr anzustoßen. Sie trank, ließ ihn dabei nicht aus den Augen. Schließlich legte er das Smartphone zur Seite. »Tim geht's gut.«

»Schön.« Kathleen klang wenig interessiert. Sie kannte diesen Tim nicht.

»Ich bin froh, dass ich nicht geheiratet habe. Da erspare ich mir nun wenigstens die Scheidung. Wie lange wart ihr denn verheiratet?«

»Ein paar Jahre. Ich habe ihr damals den Antrag gemacht. Wir hatten auch gute Zeiten, nicht nur schlechte. Aber letztendlich passte es einfach nicht mehr.«

»Wie bei mir und Cedrick. Na ja, eigentlich … egal. Willst du noch Whiskey?«

Er zeigte auf sein Glas. »Ich habe noch.«

Ihre Nervosität stieg. Paul war ein harter Brocken. Sie musste ihn unbedingt aus der Reserve locken und trank demonstrativ ein paar Schluck hintereinander. »Na komm, feiern wir. Oder verträgst du nichts?«

Er lachte und nippte von seinem Besec.

»Wir haben uns im Streit getrennt«, fuhr sie fort. Der Alkohol gab ihr den Mut, mit ihren Fragen noch ein Stück weiterzugehen. »Also Cedrick und ich. Und … wie war es bei euch?«

»Ach, weißt du, ich rede nicht gerne darüber. Vielleicht erzähle ich es dir später einmal. Jetzt hab ich erst mal Lust auf ein wenig Musik.«

Er griff nach seinem Smartphone und ließ einen Partysong abspielen, den sie zwar nicht kannte, der ihr aber gefiel. Sie hätte sich jedoch lieber mit ihm weiter unterhalten. So leicht käme er ihr nicht davon. Paul legte das Handy auf die Anrichte und stellte die Musik lauter. Mit leicht verklärtem Blick begann er zu tanzen. Seine Bewegungen waren fließend und rhythmisch.

»Komm, tanz mit mir, Kathleen.«

»Dieses Freestyle-Dancing ist nicht so meins.«

»Glaub ich nicht.«

Er nahm ihre freie Hand und zog sie zu sich.

»Einfach treiben lassen«, sagte er. Sie schnappte sich die halbvolle Bierflasche und trank, um lockerer zu werden. Auch ihre Bewegungen wurden nach ein paar Schritten geschmeidiger.

Der nächste Song war ruhiger, und ob sie es wollte oder nicht, sie begann die Nähe Pauls zu genießen. Sie spürte seinen muskulösen Körper, als er sie an sich drückte. In der kurzen Pause zwischen diesem und dem nächsten Song nahm er ihr das Bier ab, drückte ihr stattdessen ihr Whiskeyglas in die Hand. Kathleen schwankte, vor ihren Augen verschwamm die Umgebung, aber dieses wohlige Gefühl blieb, und sie wollte mehr davon. Allmählich verblassten auch die Fragen in ihrem Kopf. Sie spürte ein Kribbeln, sobald sie seinen Körper berührte, und fühlte sich federleicht. Sie lehnte ihren Kopf an seine Schultern und ließ sich von ihm zu den Klängen der Musik führen.

Schuld oder Unschuld

Am nächsten Morgen erwachte Kathleen mit heftigen Kopfschmerzen. Die Sonne strahlte durch die Schlitze der Jalousien in ihr Schlafzimmer und zeichnete helle Streifen auf den aschgrauen Linoleumboden. Es dauerte ein paar Sekunden, bis ihr bewusst wurde, dass sie im eigenen Doppelbett lag. Die weiße Satinbettwäsche mit den silbernen Mustern rutschte nach links und entblößte ihre nackten Beine. Sie bemerkte, dass sie nur noch das weiße Spitzenhöschen und die Bluse von gestern trug. Sie riss impulsiv die Augen auf. Ein stechender Schmerz im Kopf ließ sie aufstöhnen. Sie glaubte, sich an einen Kuss zu erinnern und versuchte die Gedanken zu ordnen, ein Ding der Unmöglichkeit. Aber ohne Zweifel hatte Paul sie doch geküsst? Als sie ein Ruckeln spürte, drehte sie sich um und stieß einen kurzen Schrei aus.

Paul lag seelenruhig neben ihr und schlief. Er zog beide Bettdecken zum Kinn hoch und lächelte im Schlaf. Er sah aus wie ein Engel. Sie schluckte mehrfach, ließ sich auf den Rücken fallen und starrte zur Decke. Die Gedanken rasten durch ihren Kopf und verursachten ein Rauschen, als befände sich in ihm ein kleiner Wasserfall. Panisch wanderte ihr Blick erneut zu ihm. Er schlief immer noch. Sie kletterte leise aus dem Bett. Ihr Kopf dröhnte und stach bei jedem Schritt. Sie kniff die Augen zusammen und scannte alles ab, konnte aber nirgends ein Kondom entdecken.

»Habe ich mit ihm geschlafen? Oh Gott! Am Ende auch noch ungeschützt?«, flüsterte sie und schlich aus dem Zimmer. Warum hatte sie so viel getrunken und ihre Vorsätze gebrochen? Sie ärgerte sich über sich selbst.

Durch ihre Küche musste ein Tornado gefegt sein. Wieder versuchte sie, ihr Gedächtnis zu aktivieren. Falls es tatsächlich zwischen ihnen soweit gekommen sein sollte, bedauerte sie, dass sie sich nicht daran erinnern konnte.

Sie beschloss, ihre Klamotten zu holen und erst einmal in der Stadt einen Kaffee zu trinken, um einen klaren Kopf zu bekommen. Außerdem wollte sie nicht allein sein mit Paul oder wer auch immer er war.

Sie hatte es geschafft, das Haus zu verlassen, ohne Paul zu wecken. Eine Straße weiter gab es ein Café im Stil der fünfziger Jahre. In das kehrte sie schnurstracks ein, nachdem sie sich in einer Apotheke Schmerztabletten gekauft hatte. Ihr war klar, dass sie genauso aussah, wie sie sich fühlte. Sie atmete tief durch und ließ sich auf eine der freien roten, mit Leder überzogenen Bänke im hinteren Teil des Cafés nieder. Mit einem großen Schluck Kaffee spülte sie eine der Tabletten und den fahlen Geschmack in ihrem Mund herunter und massierte sich die Schläfen.

Er hat mich nicht umgebracht. So wehrlos wie ich war, wäre es ein Leichtes für ihn gewesen, dachte sie. Diese Gedanken stützten ihre erste These, wonach er kein Serienmörder war. Doch die Zweifel blieben. *Vielleicht wollte er ja, und es kam ihm irgendetwas dazwischen? Oder aber, es war alles wirklich nur ein Hirngespinst.*

Ihre Gefühle fuhren Achterbahn. Nur eines wollte sie nach wie vor – das Geheimnis um Paul lüften. Langsam konnte sie sich an seine Aussagen und an das Tanzen vom Vorabend erinnern. Alles danach blieb weiterhin im Dunkeln. Das Klingeln ihres Handys riss sie aus ihrem Bemühen, sich zu konzentrieren. Es war Alice.

»Hey, tut mir leid, dass ich mich erst jetzt melde. John musste auf Geschäftsreise, und du weißt ja, wie das ist. Ich bin für das Packen zuständig, sonst hätte er die Hälfte vergessen.«

»Schon okay.«

»Geht's dir gut?«

»Bisschen müde.«

Sie beschloss, den vergangenen Abend zu ihrem Geheimnis zu machen, auch wenn sie Alice sonst alles erzählte.

»Ich habe noch einmal überlegt. Du solltest auf jeden Fall die Polizei informieren.«

Kathleen schüttelte den Kopf, obschon Alice das natürlich nicht sehen konnte. »Was soll ich denen sagen? Ich habe keine Beweise, nur Vermutungen. Am Ende stimmt es nicht und dann …«

»Und wenn doch?«

»Ich bekomme das schon hin. Irgendwie.«

»Mensch, Kathi.«

»Mach dir keine Sorgen.«

»Du bist gut. Wenn was ist, ruf an.«

»Mache ich, klar.«

Inspiriert von dem Telefongespräch mit ihrer Freundin bekam sie die Idee, Paul zu observieren und dafür ein paar Utensilien zu kaufen. Sie zahlte, verließ das Café und lief die Beachstreet entlang. Ein heißer Sommerwind wehte durch die Straßen Neponsits. Sie ging in einen Supermarkt und kaufte sich eine Sonnenbrille und eine bunte Wollmütze, unter der sie ihr langes Haar mühelos verstecken konnte. Dann eilte sie nach Hause in der bangen Hoffnung, Paul nicht verpasst zu haben. Sein Nissan stand jedoch in der Einfahrt, also musste er, wenn er nicht zu Fuß gegangen war, noch da sein. Schnell verzog sie sich zur nächsten Straßenecke, von der aus sie einen guten Blick auf ihr Haus hatte, und wartete.

Die Kopfschmerzen ließen nach, dafür machte ihr die warme Mütze zu schaffen. Zudem stellte sich heraus, dass die Sonnenbrille ein wenig zu groß war. Ständig rutschte sie ihr von der Nase. Nach einer gefühlten Ewigkeit verließ Paul endlich das Haus. *Strike*, dachte sie und beobachtete, wie er die Straße hinunter in Richtung Strand schlenderte. Im Gegensatz zu ihr schien es ihm gut zu gehen. Jedenfalls machte er einen frischen Eindruck.

So unauffällig wie möglich folgte sie ihm. An der bereits gut besuchten Strandpromenade gab es ein kleines, feines Restaurant, in das er einkehrte. Sie hielt kurz davor inne, wartete noch eine Minute, bevor sie dann ebenfalls hinein ging. Das Herz schlug ihr bis zum Hals, als sie ihren Blick durch den verwinkelten, hellen Innenraum schweifen ließ. Hier und da standen Palmen, es duftete nach Essen. Kellner eilten mit Tabletts voller Cocktails und anderer Getränke an ihr vorbei. Langsam ging sie weiter und lugte vorsichtig um jede Ecke, da hörte sie plötzlich Pauls Stimme. Sie war sicher, dass es seine war.

Sie erschrak, hielt inne und beugte sich vor. Der Lautstärke seiner Stimme nach musste er direkt hinter der großen Palme sitzen, vor der sie stand.

»Kann ich Ihnen behilflich sein?«, erklang die Frage in ihrem Rücken. Kathleen fuhr herum und starrte in das Gesicht eines jungen marokkanischen Kellners.

»Ähm. Nein, danke«, antwortete sie leise und setzte sich auf einen der weiß gestrichenen Holzstühle. Der junge Mann runzelte die Stirn und ließ sie allein. Sie rutschte näher an die Pflanze heran, deren Palmwedel bis zum Boden reichten. Zwischen ihnen konnte sie Paul und einen ihr unbekannten Mann sehen.

Ein seltsamer Typ, dachte sie. Er trug eine schwarze Brille, einen grauen Anzug und rauchte Zigarre. *Ob das dieser Tim war, von dem Paul gesprochen hatte?*, fragte sie sich. Der Mann sprach mit dunkler, rauer Stimme und schien um einiges älter zu sein als Paul. Auch bemühte er sich, leise zu sprechen.

»Die Sache mit dem Gift ist effektiver, als eine Pistole zu benutzen. Überlege dir das noch einmal genau.«

Paul nickte. »Okay. Danke für die Unterlagen. Das Buch ist übrigens klasse. Dem Inhalt nach zu urteilen, habe ich bis jetzt alles richtig gemacht.«

»Das ist gut, sehr gut. Ich bin gespannt, wie sich das Ganze noch entwickeln wird. Man muss die Durchführung von Anfang an genau durchdenken, dann kommen sie nie drauf. Wenn du weitere Hilfe brauchst, sag Bescheid. Ich kann dich auch mal in unsere heiligen Hallen einschleusen. Die Gerichtsmedizin umfasst ein großes Spektrum.«

»Ja, mich interessiert das, nicht nur deswegen.«

»Warte, ich habe hier noch ein paar Unterlagen, die du dir ansehen solltest.«

Er reichte sie Paul in einer Mappe über den Tisch hinweg. Kathleen stockte der Atem. War dieser Mann etwa von der Gerichtsmedizin und hatte Paul bei seinen Planungen geholfen, tat es noch? Planten die beiden vielleicht sogar einen neuen Mord, an dem Paul seinen Freund mit einem Gewinn beteiligt?

»Passen Sie doch auf«, hörte sie hinter sich eine Stimme, die ihr bekannt vorkam. Instinktiv drehte sie sich um und sah Cedrick, der sich etwas von seinem marineblauen Jackett wischte. Die junge Frau vor ihm hatte ihn angerempelt, und ein wenig Kaffee war auf seine Brust geschwappt. Sie entschuldigte sich mehrfach. Schnell wandte sich Kathleen wieder um, bevor Cedrick auf sie aufmerksam werden konnte. Sie wartete, bis er an ihrem Tisch vorbeigegangen war. Dann stand sie auf und eilte zum Ausgang.

Draußen angekommen atmete sie auf. Die Kopfschmerzen kehrten zurück. Das alles war zu viel auf einmal. Auf dem Rückweg kaufte sie zwei Dosen Pfefferspray bei einem Waffenhändler in einer Querstraße.

»Frau kann nie vorsichtig genug sein«, sagte der japanische Verkäufer, als sie seinen gut sortierten Laden verließ. Sie rief sich immer wieder das Gespräch zwischen Paul und seinem Bekannten ins

Gedächtnis. Zu Hause wollte sie sich noch einmal das Zeitungsfoto des Gesuchten aus Boston genauer ansehen. Doch kurz, bevor sie die Straße überquert hatte, sah sie Paul.

Hatte er sie bemerkt und war ihr gefolgt? Noch immer trug sie Mütze und Sonnenbrille. Schnell blickte sie weg, als er sie in nur wenigen Metern Entfernung passierte. Paul ignorierte sie, und Kathleen atmete auf. Er hatte sie nicht erkannt.

Auf der anderen Straßenseite angekommen drehte sie sich noch einmal um und erstarrte. Paul betrat den Waffenladen. Sie spürte mal wieder Adrenalin durch ihren Körper schießen. Sie fasste sich ein Herz und lief zurück, um die Observation aufzunehmen. Sie blieb an der Mauer neben dem Schaufenster in Deckung, zog die Mütze tiefer in die Stirn und schielte über den Rand der Sonnenbrille. Gedruckte Einschusslöcher und ein schwarzer Schriftzug

Kaitos Guns and Accessiors

klebten auf der Schaufensterscheibe.

Paul stand mit dem Rücken zu ihr und ließ sich Handfeuerwaffen zeigen. Ein Kloß schob sich in Kathleens Kehle. Das war genug! Sie wollte nicht abwarten, bis er aus dem Laden kam, sondern sofort nach Hause laufen.

Mit nassen und zittrigen Fingern suchte sie im Internet ein zweites Mal nach dem Bostoner Fall. Dabei stieß sie auf ein erst kürzlich eingestelltes, neues Foto, das der Fahndung nach dem flüchtigen Ehemann diente. Dieses war um einiges schärfer. Die Eltern der Getöteten hatten es laut Pressemitteilung der Polizei übergeben.

Die Augen des Mannes waren allerdings haselnussbraun, und auch auf diesem Foto trug er einen Vollbart. Die Brauen sahen buschiger aus als Pauls, und sein Gesicht wirkte ein wenig aufgedunsen. *Vielleicht trug Paul farbige Kontaktlinsen*, durchfuhr es sie, *hatte abgenommen und sich die Brauen gezupft*. Schließlich wusste er, dass nach ihm gesucht wurde. Der Name des Gesuchten war Jack Hope. *Benutzte Paul einen neuen, gefälschten Pass?* Da kam ihr eine Idee.

Sie stand auf, ging in Pauls Zimmer, nahm eines der gerahmten Fotos von der Wand und scannte es ein. Danach hängte sie es wieder an seinen alten Platz. In diesem Moment klingelte das Telefon. Es war Ashton Greenville, ihr Verleger, der in all den Jahren ihrer Zusammenarbeit schon ein guter Freund für sie geworden war.

»Du scheinst ja ganz außer Puste, Kathleen.«

»Komme gerade vom Joggen … sozusagen.«

»Alles gut bei dir?«

Sie zögerte mit einer Antwort. »Soweit ja.«

»Weshalb ich anrufe. Es geht um den vereinbarten Abgabetermin und die Besprechung. Ich muss das Ganze eine Stunde vorverlegen, da mir ein weiterer

Termin dazwischen gekommen ist. Ist das okay für dich?«

Es fiel ihr schwer, sich darauf zu konzentrieren, deshalb sagte sie einfach zu.

»Freut mich. Dann bis bald, Kathleen.«

Nach dem Gespräch ließ sie sich auf die Couch in ihrem Wohnzimmer nieder und verbarg das Gesicht in den Händen. Ein paar Mal atmete sie tief und bewusst ein und aus.

Sie dachte darüber nach, die kommende Nacht besser bei Alice zu verbringen. Langsam überschattete doch die Angst ihre Neugierde. Schließlich rief sie Alice an, um ihr von den Neuigkeiten zu erzählen.

»Mensch, Kathi, das hört sich wirklich unheimlich an. Ja, klar kannst du bei mir übernachten. Ist auch besser. Mache mir echt große Sorgen. Komm einfach vorbei. Am besten jetzt gleich. Du weißt ja, wo der Ersatzschlüssel liegt.«

»Ja, im Blumenkasten neben der Garage.«

Kathleen dachte nach. Wahrscheinlich verrückt, aber sie wollte vorher doch noch einmal mit Paul reden und versuchen, mehr aus ihm herauszubekommen. Und eine Idee war ihr vorhin in den Sinn gekommen. Dafür benötigte sie das gescannte Foto Pauls aus seinem Zimmer.

Sie packte einen kleinen Koffer, den sie unter ihr Bett schob, und verstaute sowohl das Kostüm für den anstehenden Verlagstermin, als auch Sonnenbrille und Wollmütze darin.

Höchstwahrscheinlich blieb sie mehr als eine Nacht bei Alice. Danach holte sie sich den Laptop und fügte den frischen Scan in ein Bildbearbeitungsprogramm ein.

»Lass uns mal sehen, wie du mit Bart aussiehst, Paul«, flüsterte Kathleen. Vielleicht würde eine Ähnlichkeit mit dem Gesuchten entstehen, wenn sie Paul mit Hilfe des Programms einen solchen verpasste. Die Nervosität stieg mit jedem Klick. Gut, dass ihre Mutter ihr genau gezeigt hatte, wie man das Programm benutzt. Ihre Eltern waren in einer renommierten Werbeagentur tätig. Allmählich kristallisierte sich ein gutes Vergleichsbild heraus, in dem sie auch Pauls Brauen buschiger machte. Als Kathleen fertig war, speicherte sie es ab und platzierte das Foto des Gesuchten neben das von Paul.

Sie fühlte sich wie eine Miss Marple der Neuzeit. Sie erhob sich, trat einen Schritt zurück und betrachtete beide Fotos. Sie musste jedoch feststellen, dass Pauls Gesichtszüge, auch mit Bart und buschigen Brauen, wenig dem des Flüchtigen glichen. Die Augen Jack Hopes standen enger zusammen. Einzig die Nasen hätten gleich sein können. Ihr Puls beruhigte sich.

Es gab viele Männer, die Waffennarren waren, ob sich Paul vorhin eine gekauft hatte oder sie sich nur hat zeigen und erklären lassen, konnte sie nicht sagen. In ihr stieg ein wenig Erleichterung auf, auch wenn sie gerne einen echten Mordfall gelöst hätte. Nach ihrem Studium hatte sie sich tatsächlich an einer Polizeischule beworben, war aber wegen ihrer zu geringen Größe nicht genommen worden. Das traf sie damals schwer.

Kurz darauf hatte sie begonnen, sich mit dem Schreiben von Thrillern zu trösten und das bis heute sehr erfolgreich. Sie setzte sich wieder hin, klappte den Laptop zu und lehnte sich zurück. Noch einmal dachte sie intensiv an den gestrigen Abend. Hatte Paul sie nun geküsst oder nicht?

Die Fragen irrten auf der Suche nach Antworten weiterhin durch den alkoholbedingten Erinnerungsnebel, bis Kathleen schließlich einnickte.

Flucht

Der Duft von würzigem Essen weckte sie. Aus der Küche drangen Geräusche. Jemand hantierte mit Töpfen und Tellern. Sie richtete sich auf und warf einen kurzen Blick aufs Handy. Erschrocken stellte sie fest, dass es bereits Abend war. Alice hatte ihr eine Nachricht geschrieben: »Wo bleibst du, Kathi? Alles in Ordnung bei dir?«

Plötzlich steckte Paul seinen Kopf ins Zimmer.

»Na? Gut geschlafen?«, fragte er mit sanfter Stimme und lächelte. Über der engen Jeans trug er eine Küchenschürze, auf der in roten Lettern die Worte *Chef kocht selbst* gestickt waren. Verdutzt starrte sie auf seinen nackten Oberkörper.

»Ich bin voll eingeschlafen«, murmelte sie und rieb sich kurz die Augen.

»Kein Wunder nach der Nacht. Na komm, ich habe uns was gekocht. Zwar nur Spaghetti, aber ich hoffe, die magst du auch.«

So wie er da stand, barfuß und mit strahlenden Augen, konnte sie sich nicht vorstellen, dass er wirklich etwas Schreckliches getan hatte.

Paul ging zurück in die Küche. Kathleen schnappte sich ihr Handy und tippte eine Nachricht für Alice: »Alles okay. Ich glaube, vielleicht war es doch nur ein Irrtum. Ich komme heute also nicht. Bis bald,

Süße.« Sie drückte auf Senden und eilte zu Paul in die Küche.

»Ich habe den Tisch in deinem Wohnzimmer eingedeckt. Da ist es gemütlicher. Ich mag den Kamin«, sagte er, ohne sich nach ihr umzudrehen.

»Für ein knisterndes Kaminfeuer ist es noch zu warm, finde ich. Aber gut, warum nicht?«

Er warf einen Blick über die Schulter.

»Du hast Recht. Es ist wirklich warm, was nicht nur am Sommer liegt.«

Oha, dachte sie und lehnte sich an den Türrahmen. *Sollte das ein kleiner Flirt werden?* Sie konnte sich nicht erinnern, wann ein Mann das letzte Mal für sie gekocht hatte. Cedrick jedenfalls hatte es schon gehasst, wenn *sie* den Kochlöffel schwang und zog es vor, essen zu gehen.

Paul zog die Schublade auf und nahm ein großes Messer heraus. Plötzlich waren da doch wieder die Gedanken an das Waffengeschäft und dieses Gespräch in ihrem Kopf. Sie begannen ihr mahnend zuzuflüstern, sie solle bloß vorsichtig sein. Aufmerksam beobachtete sie ihn.

Hatte sie das nicht auch immer ihren Protagonisten mit auf den Weg gegeben? Oft genug trog der Schein in ihren Romanen. Sie blieb stehen, bereit für einen schnellen Rückzug und achtete auf jede seiner Bewegungen. Das Messer benutzte er, um Basilikum für ein Pesto zu zerkleinern, das er anschließend in eine gelbe Plastikschüssel gab. Danach verstaute er das Messer im Geschirrspüler und klappte diesen zu. Nochmals drehte er sich kurz zu ihr um, bevor er die Nudeln im Waschbecken über einem Sieb abgoss.

»Gleich fertig. Du kannst dich ruhig schon setzen.«

»Meist hat Mann ein schlechtes Gewissen, wenn er so etwas freiwillig macht«, rutschte es aus ihr heraus. Paul stieß ein zischendes »Verdammt!« aus. »Was ist?« Sie reckte den Kopf und sah, dass er den Topf losgelassen und eine Hand über dem Becken schüttelte. Er drehte den Wasserhahn auf und ließ kaltes Wasser über seine Finger laufen. Immer noch hatte er ihr keine Antwort gegeben, was er nun aber endlich nachholte: »Verbrannt. Kochendes Wasser … Mist.«

Sie beschloss, ihn mit seiner Verletzung nicht alleine zu lassen, holte Eiswürfel aus dem Eisfach, packte ein paar davon in ein dünnes Tuch und reichte es ihm.

»Danke.«

Ihre Blicke trafen sich. Am liebsten hätte sie ihm tausend Fragen gestellt. Bildete sie es sich ein oder kitzelte da trotz all der Ungewissheit Amors Pfeil an ihr? Sie versuchte, sich auf seine Hand zu konzentrieren. »Du musst den Eisbeutel schon drauf halten, Paul.«

»Wie?«, fragte er, sie immer noch fixierend.

»Das Eis. Auf deine Hand.«

»Oh, ja … klar.«

Er tat es, während sie ihn zurückschob.

»Ich erledige den Rest.«

Paul presste die Lippen zusammen und ließ sie machen.

»Sorry. Manchmal habe ich wirklich zwei linke Hände«, sagte er.

»Schon okay.«

Sie fragte sich, ob ihre Frage ihn vorhin so verunsichert hatte. Wieder stieg dieser Verdacht empor, wenngleich ihr Herz sich mehr und mehr wünschte, dass Paul unschuldig war.

Sie saßen sich gegenüber, während sie aßen, bis Paul schließlich die Wand des Schweigens zwischen ihnen durchbrach.

»Übrigens, das mit gestern … tut mir leid.«

Kathleen schluckte und nippte von ihrem Glas Wasser. Schon die ganze Zeit brannten ihr, neben all den anderen, auch Fragen zum gestrigen Abend auf der Zunge. Sie war zu feige, sie ihm zu stellen. Wie es aussah, tat auch er sich nicht gerade leicht damit.

»Ist ja nichts passiert«, sagte sie leise und fügte ein noch leiseres »Oder?« hinzu. Vielleicht hatte er die Frage überhört oder wollte sie überhören und antwortete nur: »Ich hätte nicht so viel trinken sollen. Aber ich war und bin immer noch verdammt happy über diese neue Wendung. Das kann so einiges verändern.«

Sie merkte, dass ihn wieder die gleiche Euphorie packte, fühlte sich aber ein ganzes Stück weit von ihm allein gelassen. Obwohl sie keinerlei Hunger mehr verspürte, steckte sie noch eine Gabel voll Nudeln in den Mund. Das grüne Pesto, in dem sie schwammen, hatte Paul wirklich himmlisch hinbekommen.

»Es war schön gestern. Sehr schön«, bemerkte er, widmete seine ganze Aufmerksamkeit dem noch halb vollen Teller und umwickelte ein paar Nudeln mit der Gabel.

»Soweit ich mich erinnere, auch ganz lustig«, sagte sie dann.

»Du warst ziemlich müde, bist beinahe umgekippt. Ich habe dich ins Bett gebracht, deine Hose ausgezogen und dich zugedeckt.«

Ohne den Kopf zu heben, blickte sie ihn fast ängstlich an. Was kam jetzt? Er stocherte wieder in den Nudeln, ein Lächeln umspielte seine Mundwinkel. Ihr Bauch verkrampfte. *Was sollte dieses Katz und Maus Spiel?* Sie wollte ihm gerade die Meinung sagen, als er weitersprach: »Du hast wirklich süß ausgesehen.«

Er hob die Hände. »Also nicht, dass du sonst nicht auch … hübsch aussiehst. Oh Mann, ich rede dummes Zeug. Jedenfalls hast du im Halbschlaf einen Arm nach mir ausgestreckt, meine Hand gesucht und mich zu dir gezogen. Ich muss zugeben, dass ich auch hundemüde war und es geschehen ließ.«

Kathleen lehnte sich zurück.

»Was geschehen ließ?«, fragte sie etwas lauter.

»Du bist in meinen Armen eingeschlafen und ich auch irgendwann. Sonst war da nichts.«

»Nichts also?«

Sie verstand sich selbst nicht. Einerseits war sie erleichtert, andererseits enttäuscht.

»Glaub mir.«

»Okay«, erwiderte sie langsam, fuhr sich über die Stirn und erhob sich. Jetzt noch zu Alice zu fahren, kam ihr reichlich bescheuert vor. Nein, sie würde hierbleiben.

»Danke für das Essen, Paul. Abwasch können wir morgen gerne gemeinsam machen. Aber ich ziehe mich jetzt zurück. Schon komisch, früher konnte ich nächtelang durchfeiern, und heutzutage hauen mich ein paar Gläser Alkohol um.«

»Ich glaube, die Mischung war es. Wie gesagt, tut mir leid.«

Sie winkte ab, wünschte ihm eine gute Nacht und verzog sich ins Schlafzimmer. Mit einem Stoßseufzer ließ sie sich rücklings aufs Bett fallen. Zwei Minuten später klopfte es an ihre Tür. Sofort setzte sie sich auf.

»Ja?«

»Ich habe vergessen, dir noch etwas zurückzugeben, das du mir gestern gegeben hast. Ich wollte es vorhin nur nicht mehr erwähnen.«

Sie runzelte die Stirn, ging zur Tür und öffnete sie. Paul stand dicht vor ihr. »Was?«, fragte sie.

Seine Antwort bestand darin, ihr Gesicht in seine Hände zu nehmen und sie sanft zu küssen. Seine Lippen fühlten sich weich und warm an. Am liebsten wäre sie darin versunken. Bei dieser liebevollen Berührung erinnerte sie sich, dass sie genau diese Lippen schon einmal geküsst hatte. Gestern, kurz bevor sie endgültig eingenickt war! Dieses Mal war es umgekehrt. Sie wusste nicht, was sie sagen sollte, und das brauchte sie auch nicht. Paul zwinkerte ihr zu und verließ das Schlafzimmer wieder. Wie benebelt kehrte sie ins Bett zurück, stand jedoch noch einmal auf und schloss ab. In dieser Nacht träumte sie von Paul. Er küsste sie an hundert verschiedenen Stellen, und sie konnte nicht genug davon bekommen.

Paul war bereits aus dem Haus, als sie am Morgen erwachte. Er hatte die Küche schon aufgeräumt. Wieder und wieder musste sie an den Kuss denken, den er ihr gegeben hatte, und fuhr sich unbewusst mit den Fingern über die eigenen Lippen. Es war schön gewesen, sehr schön sogar. Danach hatte das

Ganze einen fahlen Beigeschmack. Irgendetwas stimmte nicht, das spürte sie genau.

Sonnenstrahlen fluteten das Haus, in dem sie gedankenversunken auf und ablief. Sie musste klar denken, durfte sich nicht von einem Kuss ablenken lassen, ihre Gedanken ordnen und sich schützen. Jeder falsche Schritt konnte verheerende Folgen haben. Nochmals besah sie sich den Fotovergleich und kam zu dem Schluss, dass doch eine Ähnlichkeit bestand.

Wenig später drang ein Klingelton aus Pauls Zimmer, sein Handy. Sie ging zur Haustür und schaute Richtung Einfahrt. Pauls Wagen war weg. Das Klingeln erstarb. Schnell kehrte sie zur Zimmertür zurück und öffnete sie. Auch dieses Mal war sie nicht abgesperrt. Tatsächlich, er hatte sein Handy vergessen. Sie entdeckte es auf seinem Bett. Die Gelegenheit würde nicht so schnell wiederkommen. Sie musste es checken. Sie nahm es an sich und öffnete die Textnachrichten.

Während sie diese durchblätterte, fielen ihr zwei ihrer eigenen Thriller auf, die auf Pauls Schreibtisch lagen. Dann fand sie eine Nachricht, die Paul einem gewissen Frank geschickt hatte.

Ich werde Kitty umbringen müssen, sonst ist sie mir im Weg, wenn später Daniel und Peter auftauchen.
Bis bald, Paul.

Kathleen lief ein Schauer über den Rücken. Das Handy rutschte ihr aus den Fingern und fiel aufs Bett zurück. Die Adern in ihren Schläfen begannen zu pulsieren. Vorsichtig schlich sie rückwärts aus dem Zimmer. Wusste er etwa doch, wer sie war und hatte vor, sie aus dem Weg zu räumen? Kitty! Meinte er sie damit?

Eine Verniedlichung ihres Namens Kate? Ihre Mutter hatte sie früher auch Kitty genannt. Sie begann zu schwitzen. Sie musste hier raus. Sofort! So schnell sie konnte, holte sie ihren immer noch gepackten Koffer und den Laptop. Beim Verlassen des Hauses versuchte sie, Alice übers Handy zu erreichen und stolperte dabei fast über ihre eigenen Füße.

Sie atmete tief aus und warf sich rücklings aufs Bett in Alice Gästezimmer, in dem sie schon ein paar Mal übernachtet hatte. Die ziegelrot gestrichene Decke schien ihr auf den Kopf zu fallen. Die Gedanken an Paul und an das, was sie gelesen hatte, rumorten in ihr. Sie schloss die Augen und versuchte, sich zu beruhigen.

Alice machte erst einmal einen starken Kaffee, als sie nach Hause kam.

»Da hätte ich auch drauf kommen können«, murmelte Kathleen und begrüßte ihre beste Freundin mit einem flüchtigen Kuss auf die Wange. Es erleichterte sie unendlich, dass Alice schließlich da war. Sie hatte ihr bereits am Handy das Wichtigste erzählt.

»Alles okay, Kathi. Du hast jetzt andere Sorgen. Meine Güte, dabei ist Paul so ein süßer Mann.«

»Du meinst, von seiner dunklen Seite einmal abgesehen.«

»Ja, die hat er wohl leider wirklich. Ich bin nach wie vor dafür, dass du endlich zur Polizei gehst. Außerdem solltest du Schutz beantragen.«

»Aber was, wenn … «

»Ja, wenn er doch unschuldig und das alles nur heiße Luft ist? Aber was, wenn nicht? Du bist völlig durcheinander und drehst dich um dich selbst. Mal ja, mal nein. Doch was, wenn Paul eben wirklich dieser Jack Hope ist? Soll ich warten, bis man deine Leiche findet? Wie viele Beweise brauchst du noch?«

»Mein Gefühl sagt mir einfach, ich sollte noch abwarten.«

»Meine Güte. Ich weiß, ich wiederhole mich. Du musst es wissen, ist deine Sache. Jetzt bleibst du hier und schläfst eine Nacht drüber. Vielleicht siehst du morgen klarer. Ich bin jedenfalls heilfroh, dass du hier bist. Nicht auszudenken, wenn der dich beim Schnüffeln erwischt hätte.«

»Er hätte schon genug Gelegenheiten gehabt, mich umzubringen. Nachts zum Beispiel. Hat er aber nicht. Daran muss ich trotzdem immer denken.«

Alice schauderte es. »Ich glaube, ich brauche einen Schnaps. Und du wohl auch.«

Kathleen schüttelte den Kopf.

»Ich muss jetzt wirklich erst einmal auf andere Gedanken kommen, sonst werde ich verrückt.«

Alice warf einen Blick auf Kathleens blinkendes Handy. »Ich glaube, du hast eine SMS bekommen.«

Kathleen starrte auf ihr Handy und nahm es.

»Eine Nachricht von Paul.«

»Du hast ihm deine Handynummer gegeben?«

»Ja, und?«

Kathleen hielt ihr Smartphone so, dass sie beide Pauls Nachricht auf dem Display lesen konnten.

Hi! Wo bist du denn? Alles gut? Mach mir langsam Sorgen. Wann kommst du zurück? Hoffe, du bist nicht sauer. Dein Ex war da, wegen der Versicherung. Hab ihn wieder weggeschickt. Hat zu komische Fragen gestellt.
Grüße Paul.

»Was tust du jetzt?«, wollte Alice wissen.

»Ihm antworten.«

»Würde ich nicht.«

»Nur kurz.«

Schon tippte sie los: *Hi Paul! Alles klar bei mir. Bin nur bei einer Tante. Ist krank geworden. Bleibe über Nacht. Grüße.* Nachdem sie die Nachricht abgeschickt hatte, schenkte ihr Alice Kaffee nach.

»Ich glaube, du hast dich schon in den Kerl verguckt, Kathi. Sonst würdest du nicht so lange damit zögern, zur Polizei zu gehen.«

Sofort winkte Kathleen ab.

»Keinen Mann mehr. Bin bedient. Er sieht gut aus, das ist es auch, und bei den inneren Werten, die da in ihm schlummern … Zugegeben, er reizte mich. Aber so? Nein, danke, das versteht sich ja wohl von selbst.«

Der Termin

Mit Hochdruck versuchte Kathleen, ihre Muse zu aktivieren und das Manuskript fertigzustellen, das sie ihrem Verleger versprochen hatte. Auch wenn sie kaum Konzentration aufbringen konnte, blieb ihr nichts anderes übrig, als es zu versuchen. Unter Druck war ihr das noch nie gelungen. Die Wörter mussten frei aus Herz und Seele fließen, während die kreative Seite ihres Gehirns seinen Teil dazu beitrug. Die schien jedoch zu streiken, und ihr Herz wollte im Moment nichts anderes, als sich zu verschließen, um sich vor den Enttäuschungen zu schützen, die es empfand.

Mit einem tiefen Seufzer klappte sie den Laptop auf und versuchte es dennoch. Alice gab ihr im Vorbeigehen einen Kuss auf die Wange.

»So gefällst du mir schon besser. Schreiben ist die beste Ablenkung für dich, Kathi. Ich muss nochmal los. Bis später, ja?«

Kathleen nickte. Hier bei Alice war sie sicher und froh, dass Paul weder deren Nachnamen noch die Adresse kannte. Um sich zu entspannen und in die richtige Stimmung zu kommen, schaltete Kathleen die Stereoanlage ein. Bereits nach ein paar Klängen der Musik stellte sie sich Paul vor, seine tiefblauen Augen, seine sanfte Stimme. Sie schob den dunklen Schatten, der ihn umgab, zur Seite. Sie brauchte noch eine spannende Szene, zu der ihre Situation gut passte. Allerdings war ihr Held Jayden einer der Guten.

Sie konnte nichts dagegen tun. Ihr Protagonist wurde Paul immer ähnlicher. Grotesk! Obwohl es ihr keineswegs behagte, ließ sich diese Vorstellung nicht im Geringsten vertreiben. Sie brauchte die Sätze. Jetzt! Es funktionierte, verlangte ihr allerdings eine gehörige Portion Disziplin ab.

»Gott!«, rief Kathleen nach einer Weile und lehnte sich so ruckartig in ihrem Stuhl zurück, dass dieser fast umgekippt wäre. Sie wischte sich über die Stirn, um nach einer kurzen Pause weiterzuschreiben. Tiefer und tiefer tauchte sie ein in die Geschichte. Es war wie Magie. Nach sechs Stunden schrieb sie das Wort *Ende*, kam ins Hier und Jetzt zurück, dankbar für diese wohltuende Ablenkung. Nun musste sie das Ganze nur noch abspeichern. Doch was war das?

Der Laptop meldete ein Speicherproblem auf Datenträger D. Kathleen stutze. Dann schlug sie sich mit der flachen Hand vor die Stirn. Sie hatte den USB-Stick mit dem Skript zu Hause auf ihrem Schreibtisch liegen lassen. Auf der Festplatte war nur eine ältere Version.

Kathleen hätte sich ohrfeigen können. Alice war bereits seit zwei Stunden zurück und bekam ihren verzweifelten Wutanfall mit.

»Wieso holst du ihn nicht morgen früh? Du siehst ja, ob Pauls Wagen da ist oder nicht.«

»Ja, du hast Recht. Keine Panik. Kriege ich alles hin«, erwiderte Kathleen und nickte mit dem Kopf.

In der Nacht träumte sie erneut von Paul. Sie lagen eng aneinander gekuschelt im Bett. Kathleen spürte seine Wärme, seinen muskulösen Körper, der nach Lavendel duftete. Sie fühlte sich geborgen und rührte sich leicht in seinen Armen, was ihn dazu veranlasste, sie noch fester an sich zu ziehen. Ihre Lippen berührten sich.

Plötzlich erwachte sie.

Es war drei Uhr morgens. »Paul?«, flüsterte sie leise und setzte sich auf. Sie verzog das Gesicht. Es reichte! Sie stand auf, machte sich eine Tasse warme Milch mit Honig und krabbelte mit ihrem Laptop zurück ins Bett. Noch einmal las sie ihren Text, bis ihr die Augen von selbst zufielen und sie diesmal in einen traumlosen Schlaf fiel.

Kathleen hatte Glück. Paul war schon weg, als sie nach Hause kam. Dieses Mal musste sie feststellen, dass seine Zimmertüre verschlossen war. Es ärgerte sie, dass sie sich in ihrem eigenen Haus wie ein Eindringling fühlte, was sie an die Zeit mit Cedrick erinnerte. Hektisch steuerte sie ihren Schreibtisch an, auf dem der Stick lag. Sie steckte ihn in ihren Laptop, speicherte die Datei für ihren Verleger Ashton Greenville auf dem Stick und packte ihn schließlich ein. Sicher war sicher. Eine Stunde bis zum Termin.

Sie hatte sich bereits dafür zurechtgemacht und ihren neuen blauen Einteiler und die schwarzen Pumps angezogen. Ihre Füße wehrten sich gegen die engen Schuhe. Turnschuhe mochte sie lieber. Auf keinen Fall durfte sie Greenville warten lassen. Sie wollte gepflegt erscheinen und professionell abliefern, nach dem, was er bereits alles für sie und ihre Bücher getan hatte.

Ihr Handy klingelte. Kathleen erschrak und stieß einen Schrei aus. Dabei rempelte sie mit dem Oberschenkel gegen die Tischkante. Es war nur ihre Mutter. Kathleen drückte das Gespräch weg.

Sie rannte zur Haustür, zog sie auf und stoppte noch einmal. »Verdammt, der Laptop«, fluchte sie und zögerte kurz. *Holen oder nicht holen? Holen!*

So schnell sie konnte, lief sie zurück.

Als sie im Laufschritt um die Zimmerecke ins Wohnzimmer bog, rutschte sie aus, verlor den Halt und knallte mit dem Kopf ungebremst auf den Linoleumboden. *Verdammte Schuhe!*, dachte sie im Fallen, dann verschwamm die Umgebung.

Kathleen kämpfte sich aus der Dunkelheit und schlug vorsichtig die Lider auf. Ihr war kalt. Sie blinzelte den milchigen Schleier weg, der sich auf ihre Pupillen gelegt hatte, und sah direkt in Pauls Gesicht. Er kniete über ihr und musterte sie mit einem forschenden Blick.

Kathleen erschrak, fuhr mit dem Oberkörper hoch und stieß dabei gegen ihn. Sie war sofort hellwach. Seine Lippen waren nur ein paar Millimeter von ihren entfernt. Sie spürte seinen warmen Atem auf ihrem Mund. Die Sekunden vergingen, in denen beide wie versteinert verharrten und sich tief in die Augen sahen.

Kathleen registrierte ein leichtes Stechen an ihrem Hinterkopf, wich schließlich zur Seite aus und rappelte sich auf. Der Laptop lag nur einen Meter von ihr entfernt.

»Alles okay? Was ist passiert?«, fragte er.

»Bin wohl ausgerutscht. Ich muss los, sonst komme ich zu spät«, antwortete sie hastig, schnappte sich den Laptop und tastete nach dem Stick in ihrer Hosentasche. Paul hielt sie am Arm fest. Seine Kieferknochen mahlten. Mit einem kräftigen Ruck riss sie sich von ihm los und begann, mit den Fäusten auf ihn einzuschlagen.

Erschrocken starrte er sie an, dann umfasste er ihre Oberarme, was Kathleen noch mehr in Panik versetzte. Sie trat ihm gegen das Schienbein und hörte sein Aufstöhnen.

»Bleib hier und …«, schrie er.

»Verdammter Mistkerl.«

Sie gab ihm einen Schubs und schaffte es vorbeizukommen. Sie rannte durch den Flur, er folgte ihr. Im Eingangsbereich angekommen griff sie nach dem Garderobenständer und warf ihn um, so dass Paul stolperte und bäuchlings auf den Steinplatten landete. Er fluchte.

Kathleen zog die Haustür auf und rannte nach draußen, wobei ihr Handy aus der Tasche fiel und auf dem Boden auseinander sprang. Zitternd flüchtete sie in ihr dunkelrotes Audi Hardtop-Cabrio, verriegelte die Türen und wollte den Motor starten. Der jedoch stotterte nur kurz.

»Nicht schon wieder«, fluchte sie laut, der Verzweiflung nahe.

In diesem Moment erschien Paul und zog an der Fahrertür. »Mach auf!«, schrie er keuchend. Sie schüttelte heftig den Kopf und versuchte erneut zu starten. Paul eilte an dem Wagen vorbei und stellte sich davor. Er legte die Hände auf die Motorhaube, als der Audi endlich ansprang. Paul hechtete mit verzerrtem Gesicht zur Seite. Kathleen gab Gas und bog mit quietschenden Reifen auf die Straße ab, wobei sie einen Blick in den Rückspiegel warf. Paul rannte hinterher.

Als sie wieder nach vorne blickte, sah sie eine Mülltonne, und dass sie direkt darauf zusteuerte. Sie riss das Steuer links herum, streifte die Tonne aber trotzdem. Sie kippte um, rollte auf die Fahrbahn und verteilte ihren Inhalt großflächig auf dem Asphalt.

Kathleen umfasste das Lenkrad fester und brachte den Wagen wieder in die Spur, ohne den Fuß vom Gas zu nehmen. Sie musste zum Verlag. Von dort aus würde sie endlich die Polizei informieren.

Ashton Greenville war ein muskulöser Mann mit sorgfältig gescheitelten grauen Haaren, der stets einen Anzug trug.

»Was ist los, Kathleen? Du wirkst so durch den Wind.«

Sie ließ sich auf den beigen Ledersessel nieder, der vor seinem polierten Eichenschreibtisch stand und holte tief Luft.

»Ich muss telefonieren. Sofort. Bitte!«

Er zog die Stirn in Falten und schob seine Unterlippe kurz nach vorne, während seine braunen Augen durch die Brille hindurch Kathleen musterten.

»Okay. Sag mal, hast du Probleme mit einem Mann, wenn ich fragen darf?«

»Allerdings«, erwiderte sie schnell. »Ich erkläre dir später alles, Ashton, versprochen.«

Der Verleger erhob sich.

»Liebesprobleme. Verstehe. Ja, da seid ihr Frauen immer ein bisschen aus dem Ruder. Mach mal. Viel Glück. Bin in zehn Minuten zurück. Du bist sowieso früher dran als gedacht. Ist auch gut. Habe heute noch ein paar Termine und …«

»Danke«, unterbrach sie ihn, stand auf und umkurvte den großen Schreibtisch.

»Bin ja schon weg.« Er verließ das Büro.

Mit zittrigen Fingern wählte sie die Nummer der Polizei. »Hallo? Ja. … Ich glaube, jemand will mich umbringen … Vielleicht ist das sogar der Mann, den sie suchen. Jack Hope.«

Ihre Stimme überschlug sich, während sie dem Beamten am anderen Ende der Leitung jedes Detail erklärte und auch nicht ausließ, dass Paul sie festhalten wollte. Vertraulich gab sie dem Polizeibeamten ihre Identität preis.

»In Ordnung. Wir werden der Sache natürlich auf den Grund gehen. Ich schicke zwei Beamte zu Ihnen nach Hause.«

»Nein, ich bin nicht zu Hause. Ich bin bei meinem Verleger, das heißt in dessen Verlag.«

Sie kämpfte gegen ihre Aufregung an und buchstabierte die Adresse.

»In Ordnung.«

»Ich weiß nicht, ob er mir gefolgt ist.«

»Bleiben Sie, wo Sie sind und bewahren Sie Ruhe.« Nach diesen Worten wurde ihr klar, wie hysterisch sie wirken musste. Wenige Minuten später klopfte es. Ashton öffnete die Türe und steckte seinen Kopf durch den Spalt.

»Darf ich zurück in mein Büro?«

Sie nickte und ließ sich wieder in ihren Sessel vor dem Schreibtisch fallen. Greenville setzte sich erneut und starrte sie mit großen Augen an.

Kathleen atmete aus.

»Alles geklärt?«, wollte er wissen.

»Sind dabei«, flüsterte sie und massierte sich die Schläfen mit den Fingern. Verdammt, sie sollte sich zusammenreißen. Schließlich straffte sie die Schultern und zeigte auf den Stick.

»Da ist die komplette Rohfassung drauf.«

»Sehr gut.«

Er schloss den Datenträger an seinen Computer an. »Hast du die neue Pointe eingebaut und den alten Protagonisten ein bisschen näher beleuchtet?«

»Ja, alles erledigt«, erwiderte sie rasch und fuhr sich ein paar Mal mit der Zunge über die rauen Lippen. Noch immer raste ihr Puls. Sie musste Greenville einweihen.

»Ashton?«

Er blickte kurz auf.

»Ja, meine Liebe?«

»Ich muss dir was sagen.«

Sie wollte gerade anfangen, als es an der Tür klopfte. Ein großgewachsener Mann mit krausen, roten Haaren schaute herein.

»Jetzt nicht, Edwards«, sagte Greenville, bevor der Rotschopf etwas sagen konnte. Sofort schloss dieser die Tür wieder.

»Ist unser neuer Lektor. Guter Mann. Also? Raus mit der Sprache. Was hast du angestellt?«

»Ich nichts.«

Ihr wurde plötzlich übel, sie glaubte, sich übergeben zu müssen. »Bin gleich wieder da, Ashton, dann erzähle ich dir alles.«

Sie sprang auf und eilte zur Tür. Den Laptop nahm sie mit, ohne darüber nachzudenken.

»Du bist originell, Kate, und ich mag es, dass du manchmal ein bisschen, na ja, crazy bist, aber heute machst du mir Angst«, hörte sie Greenville noch hinter sich sagen.

Sackgasse

Wieder und wieder spritzte sich Kathleen Wasser ins Gesicht und betrachtete ihr bleiches Gesicht im Spiegel. Sie sah aus wie ein Gespenst. Wenigstens stabilisierte sich ihr Kreislauf.

»Wieso passiert mir das? Warum kann er nicht einfach ein ganz normaler Typ sein?«, murmelte sie und schlug mit der Faust einmal auf das kleine weiße Waschbecken.

Ganz bieder wäre ihr auch zu langweilig. Ein Mann durfte durchaus ein paar liebevolle, verrückte Macken haben. Paul hatte zuerst so einen guten Eindruck gemacht. Ein Traummann!

Kathleen seufzte.

Für sie schien es diese Sorte Mann ausschließlich in ihren Büchern zu geben. Sie schwor sich, in Zukunft nur noch mit ihren Protagonisten Beziehungen einzugehen. Wieder benetzte sie ihr Gesicht mit dem kühlen Wasser aus der Leitung. Jetzt wurde es aber Zeit, Ashton aufzuklären, bevor die Polizei eintraf. Schließlich wusste dieser von nichts.

Ohne ihr Gesicht abzutrocknen, eilte sie zurück. Während sie durch den langen Gang schritt, spürte sie die neugierigen Blicke jener Angestellten in ihrem Rücken, die sie passierten.

Vor Greenvilles Büro stockte sie. Sie hörte Männerstimmen. Die Beamten waren bereits da. Ashton drehte sich zeitgleich mit ihnen zur Tür, als Kathleen das Büro betrat.

»Gott sei Dank«, flüsterte sie.

»Sind Sie Kathleen Forster?«

Sie nickte.

»Was ist hier los? Sie wollen mir nichts Konkretes sagen«, rief Ashton und stützte sich an seinem Schreibtisch ab. Kathleen ging auf die Beamten zu.

»Mein Untermieter will mich umbringen«, stammelte sie. Greenville schüttelte verdattert den Kopf: »Was?«

Kathleen fixierte die beiden jungen Polizisten.

»Sie müssen ihn festnehmen. Es fing alles mit dem Buch an. So tötete ich meine Frau. Also, das ist der Titel. Des Buches, verstehen Sie? Es lag in seinem Zimmer. Und dann fand ich diesen Karton. Mit Zeitungsartikeln. Darunter auch einer von diesem Bostoner Fall. Vielleicht ist Paul Jack Hope. Auf jeden Fall bin ich auch in sein Visier geraten. Anscheinend weiß er sogar, wer ich bin. Also, ich meine Kate Simon«, sprudelte es wie ein Wasserfall aus ihr heraus.

Einer der Beamten unterbrach sie: »Ich kann verstehen, dass Sie aufgeregt sind. Aber bitte. Eins nach dem anderen. Sie reden völlig wirr.«

Sein Kollege stimmte ihm zu.

»Wer ist Paul? Ein Fan etwa?«, fragte Ashton.

»Mein Untermieter!«, rief Kathleen. »Er will mich umbringen, Ashton.«

»Um Gottes Willen. Ist das wahr?«, wendete sich Greenville an die Polizisten.

»Das wissen wir nicht. Wir müssen das Ganze erst überprüfen. Und Sie auch.«

»Mich? Ich bin das Opfer.«

Der Beamte atmete tief ein und schüttelte den Kopf. Greenvilles Sekretärin kam ins Büro.

»Jetzt nicht, verdammt!«, schrie Ashton.

Die junge Blondine mit dem hochgesteckten Haar trippelte unbeirrt auf ihn zu. »Ich wollte nur sagen, dass Mr. Walker schon da ist. Er scheint nicht viel Zeit zu haben. Er sagt, er müsse noch etwas Dringendes erledigen.«

Ashton schob sie hinaus und winkte ab.

Währenddessen reichte Kathleen den Beamten ihren Ausweis und versuchte, alles in Ruhe von vorne zu erklären. Dabei fielen ihr immer mehr Details ein, so dass sie sich bald erneut verhaspelte.

»Wir werden den Mann auf jeden Fall überprüfen, auch wenn sich das alles … na ja«, warf der Beamte ein.

»Was na ja? … Stopp«, rief sie. Die Beamten zuckten zusammen. Ihr fiel das eingescannte Foto wieder ein. Vielleicht würde das weiterhelfen. Sie blickte sich um. »Wo ist mein Laptop?«, fragte sie Greenville und gleichzeitig sich selbst.

»Den hast du doch mitgenommen, als du vorhin raus bist«, erinnerte er sie. »Hat mich sowieso gewundert«, fügte er leise hinzu.

»Ja, stimmt. Bin gleich zurück.«

Sie rannte in den Flur und prallte dort direkt in die Arme eines Mannes. Als sie sein Gesicht erkannte, stieß sie einen entsetzten Angstschrei aus und wich zurück. Dabei verlor sie den Halt und fiel hin. Sie robbte rückwärts.

»Bleib mir vom Leib, Paul, oder wie immer du heißt«, schrie sie. Er war ihr also doch gefolgt.

Paul stand wie angewurzelt da und starrte sie nur an. Aus allen Büros traten Menschen in den Gang, auch die Beamten liefen in den Flur und zückten ihre Waffen. Kathleen wedelte mit ihrem Zeigefinger in Pauls Richtung.

»Das ist er. Er will mich umbringen! Vielleicht trägt er eine Pistole bei sich. Aus dem Waffenladen. Ich habe ihn beobachtet, wie er sie kaufte.«

Paul machte einen Schritt zurück und versuchte, etwas zu sagen. Aber die Worte blieben ihm in der Kehle stecken. Er hob langsam die Hände hinter den Kopf. Kathleen bekam kaum noch Luft. Greenville half ihr hoch und zog sie in sein Büro, während die Polizisten mit vorgehaltener Waffe auf Paul zugingen.

Ashton führte Kathleen zum Sessel, schob seinen um den Schreibtisch herum und legte ihre Beine darauf. »Tief durchatmen. Du kollabierst mir sonst gleich.« Mit einem Buch fächerte er ihr Luft zu. Kathleens Lider flatterten.

»Ich hatte es mir anders vorgestellt. Das ist doch nichts für mich. Echte Ermittlerin zu sein, meine ich«, stotterte sie. Tränen stiegen ihr in die Augen. »Und er ist so ein süßer Typ. Verdammt.«

Von Weitem hörte sie die Stimmen der Beamten und Pauls, die sich zu einem Wortbrei vermischten. Sie spürte wieder Rauschen in ihrem Kopf.

»Sie überprüfen ihn gerade. Ich komme mir vor, als wäre ich in einer deiner Szenen gelandet.«

Greenville rieb sich mit einer Hand über das Gesicht. »Wenn sich das alles als wahr herausstellen sollte, dann hat er sich wohl wirklich bei dir eingeschlichen.«

Kathleen nickte.

Der rothaarige Lektor von vorhin steckte den Kopf ins Büro und bat Ashton dringend zu sich.

»Geh nur«, sagte Kathleen.

»Ich bin sofort zurück.«

Kathleen nickte erneut. Ein paar Minuten später kamen die Beamten zu ihr. Sie sprang aus dem Sessel.

»Haben Sie ihn verhaftet?«, fragte sie.

»Nein.«

Die Antwort traf sie wie ein Hammerschlag.

»Nein?«

»Wir haben über Funk seine Identität abgefragt. Der Pass ist in Ordnung. Er ist völlig unbescholten. Er wird weder gesucht, noch ist er vorbestraft. Damit ist die Sache für uns geklärt. Ob ihr Bekannter von einer Anzeige wegen Rufmord absehen wird, ist dessen Entscheidung«, erklärte der Uniformierte und tauschte einen leicht genervten Blick mit seinem Kollegen. Er hob kurz die Hand zum Gruß und nickte seinem Partner zu: »Fall abgeschlossen.«

Sekunden später waren sie verschwunden.

Kathleen ließ sich zurück in den Sessel fallen und wünschte sich ein Loch im Boden, in dem sie verschwinden könnte. Ashton betrat zusammen mit Paul das Büro.

»Kathleen ist eine unserer Bestsellerautorinnen im Genre Thriller«, erklärte Ashton Paul. »Und es tut ihr mit Sicherheit wahnsinnig leid, dass sie Sie zu Unrecht verdächtigt hat«, sagte Greenville.

Paul betrachtete Kathleen wie versteinert.

»Okay, dass sie eine Thrillerautorin ist, erklärt vielleicht ihre Affinität diesbezüglich. Scheint mir jedoch, als würde ihr das Schreiben von Krimis und Thrillern zu Kopf steigen«, erwiderte Paul und zog eine Braue nach oben.

Kathleen drehte sich in ihrem Sessel, so dass sie die beiden nicht mehr ansehen musste. Sie suchte fieberhaft nach einer guten Erklärung.

»Aber ich bin begeistert, dass wir die gleiche Berufung haben. Nur, dass du mir einen Mord zutraust, das hätte ich nicht gedacht«, fügte Paul hinzu. Langsam drehte sich Kathleen wieder um. Sie musste endlich etwas sagen, obwohl es ihr mehr als schwer fiel.

»Ja … Okay, ich habe mich getäuscht.«

Ashton nickte, während Paul ungeduldig auf weitere Erklärungen wartete. Es wunderte sie, dass er nicht ausflippte, stattdessen die Ruhe selbst blieb. Sie atmete tief durch.

»Aber verdammt nochmal, es gab einige Hinweise, auf die ich … zufälligerweise gestoßen bin. Die wären mit Sicherheit auch jedem anderen seltsam vorgekommen.«

Paul verschränkte die Arme vor der Brust.

»Ach ja? Da bin ich gespannt.«

Kathleen musste schlucken, bevor sie weitersprechen konnte. »Ich habe dich im Waffenladen gesehen. Nur ein Beispiel. Oder das seltsame Gespräch mit diesem Anzugtypen im Beach-Club-Restaurant über Gifte und so weiter.«

»Da sieh einer an. Davon weißt du auch.«

»Ich kam … ja zufällig vorbei und hörte euer Gespräch.«

»Interessant. Und weiter?«, forderte er, als sie eine Pause einlegte. Sie wollte sich erheben, aber ihre Beine gaben nach. Sie blieb sitzen.

»Dann das Buch!«

Sie zeigte auf ihn. »So tötete ich meine Frau, heißt es. Lag in deinem Zimmer.«

»Auch das hast du rein zufällig im Vorbeigehen gesehen. Richtig? Was noch? Oder war es das?«

Natürlich entging ihr keineswegs die Ironie in seiner Stimme.

»Die Nachricht an diesen Frank. Was sollte das? Ich dachte, ich wäre gemeint. Meine Mutter nannte mich früher hin und wieder Kitty.«

Danach erklärte sie ihm noch all ihre anderen Entdeckungen, die sie im Laufe der letzten Tage gemacht hatte und sie immer stärker vermuten ließen, er sei ein Mörder.

Paul verkniff sich ein Lächeln und schüttelte kaum wahrnehmbar den Kopf.

»Fand ich nicht witzig«, sagte Kathleen leise.

»Ich finde das auch nicht witzig. Das war schon ein Schockmoment vorhin. Wow! Werde ich so schnell nicht vergessen. Aber okay, klar könnte man anhand einiger Sachen denken, ich hätte Dreck am Stecken. Aber diesem Jack sehe ich wirklich nicht ähnlich. Warum hast du nicht einfach mit mir darüber gesprochen?«

»Ich hatte auch immer mal wieder Zweifel und … ich fühle mich jetzt sowieso wie eine Idiotin. Es tut mir leid. Okay? Aber ich glaube übrigens nicht, dass wir eine gemeinsame Berufung haben.«

»Doch, allerdings. Das Schreiben«, sagte Ashton und verschränkte ebenfalls die Arme vor der Brust.

»Schreiben?«

Ashton nickte.

Paul trat auf Kathleen zu, die am liebsten im Erdboden versunken wäre, doch wieder landete sie im Blau seiner Augen.

»Nun kläre ich dich mal auf, Kathleen Forster. Ich sammle Waffen. Aber bei Gott, ich schwöre, ich habe noch niemanden damit umgebracht. Ich habe es auch nicht vor! In jenem Waffengeschäft ließ ich mir nur ein paar Modelle mit Schalldämpfer erklären. Zu Recherchezwecken. Du kannst gerne den Inhaber fragen.«

Sie lehnte sich zurück und räusperte sich.

»Zu den Fotos mit der blonden Frau, die immer so ernst in die Kamera blickt. Das ist meine Schwester Marie! Sie hasst es, fotografiert zu werden. Damals verlor sie eine Wette gegen mich, und ich durfte sie mit einem kleinen gemeinsamen Shooting ärgern.«

Seine Worte überschlugen sich in Kathleens Ohren. »Und was das andere betrifft. Das war ebenfalls Recherche. Mein Freund Jack hilft mir dabei, er arbeitet bei Gericht. Tim beim Stadtarchiv.«

Kathleen musste mehrmals schlucken, während sie die Informationen zu verarbeiten versuchte.

»Wir nehmen Paul unter Vertrag. Sein erster Thriller ist richtig gut. Er schreibt wie du unter Pseudonym. Wir wollen authentische Fälle in Geschichten einweben. Größtenteils Wirklichkeit, mit fiktiven Ergänzungen. Dazu ist eine detaillierte Recherche wichtig. Das weißt du ja selbst, Kathleen«, warf Ashton ein.

Paul kam einen Schritt auf sie zu.

»Ach ja. Zu Kitty. Sie heißt rein zufällig so und ist eine Protagonistin aus meinem aktuellen Roman. Die Nachricht war für meinen Lektor Frank Edwards bestimmt, damit dieser schon einmal Bescheid weiß, dass ich sie aus dem Text streichen werde. Er arbeitet nun übrigens auch hier im Verlag.«

Kathleen erinnerte sich an Mr. Edwards. Sie glaubte, nicht mehr atmen zu können. Die Luft staute sich in ihren Lungen, und ihr Kopf begann erneut zu rauschen.

»Dann bist du die ominöse Neuentdeckung, dieser Walker?«

Paul nickte. »James Walker.«

»Mein Gott«, flüsterte sie und verbarg ihr Gesicht in den Händen.

»Ich wusste nicht, dass du auch Autorin bist.«

Nun kam sie sich endgültig wie eine komplette Idiotin vor. Alles fügte sich zu einem fertigen Puzzle zusammen.

»Als ich dann auch noch meine Bücher bei dir im Zimmer sah, da ... da glaubte ich einfach ... Nein, lass es mich nicht wiederholen. Ich fühle mich schrecklich genug.«

»Moment. Deine Bücher? Du meinst die zwei neuen, die ich mir erst kürzlich gekauft habe? Die von Kate Simon?«

Er beugte sich zu Kathleen hinab und schaute ihr in die Augen. »Verdammt! Deshalb kamen sie mir schon die ganze Zeit so bekannt vor. Vom ersten Augenblick an, an dem ich sie sah.«

»Was? Wer?«

»Deine Augen. Kate Simon. Ja, die Katze mit den grünen Augen. Du bist das! Tatsächlich.«

Ashton stellte sich hinter Kathleen und legte ihr die Hände auf die Schultern.

»Genau das ist sie! Und wir sind mächtig stolz auf sie. Ein bisschen Verrücktheit hin oder her.«

»Ich hatte insgeheim gehofft, sie einmal hier zu treffen. Sie hat in ihren wenigen Interviews gesagt, der Verlag sei eine Top-Adresse, es gäbe für sie keinen besseren. Da dachte ich, ich versuche auch mal mein Glück. Außerdem liebe ich ihre ... deine Thriller. Und jetzt das!«

Paul starrte sie ungläubig an, dann brach er in schallendes Gelächter aus.

»Kinder, vergesst das Ganze. Vertragt euch und redet in Zukunft offener miteinander. Ihr habt wohl beide Feuer im Blut. Aber das ist gut, sehr gut, vorausgesetzt, ihr verwendet es nur beim Schreiben und beim ...« Ashton winkte ab. »Ihr wisst schon.«

Kathleen spürte, dass sie errötete. Paul lachte erneut auf, und sie konnte nicht anders, als endlich auch zu lachen.

Ein paar Tage später erfuhren Paul und Kathleen aus den Nachrichten von der Festnahme Jack Hopes, der nach einer intensiven Befragung zugegeben hatte, seine Frau erschossen zu haben. Alice war genauso erleichtert darüber, wie Kathleen. Nicht nur darüber, Paul hatte ihr verziehen. Sogar ein Geständnis machte er ihr noch, welches sie mit großen Augen entgegennahm.

»Was möchtest du mir noch sagen?«

»Ich glaube, ich habe mich in dich verliebt. Auch wenn du mich beinahe in den Knast gebracht hättest.«

»Ich schäme mich immer noch«, flüsterte sie.

Paul schenkte Sekt ein, reichte ihr das Glas, nahm seines und stieß mit ihr an. Regen prasselte gegen die Fenster, und im Kamin knisterte ein Feuer. Sie saßen auf einem weißen, flauschigen Teppich und trugen nichts außer ihrer Unterwäsche.

»Du verrücktes Huhn. Ich kann immer noch nicht fassen, dass du wirklich Kate Simon bist. Weißt du was?«

Sie rutschte näher an ihn heran und tauchte ein in seine Augen, die im Schein des Feuers funkelten wie die Sterne.

»Ich glaube an Schicksal. Ich meine, du warst es, ohne es zu wissen, die mich zum Schreiben inspirierte. Ohne deine Geschichten hätte ich das wohl niemals versucht.«

Sie fühlte sich geschmeichelt und verlegen zugleich. Hitze stieg in ihr empor.

»Ja, es muss Schicksal sein. Ich verspreche auch, dass ich nie wieder in deinen Sachen schnüffle. So etwas habe ich noch nie gemacht. Nur ...«

»Ich weiß, du wolltest einmal im Leben eine richtige Miss Marple sein.«

»Wie kann ich das gutmachen?«

Er lächelte verschmitzt und legte einen Finger auf ihre Lippen.

»Hm ... mal überlegen. Eine kleine Strafe hast du schon verdient.«

Sie küsste seinen Finger und wich ein wenig zurück. »Alles, was du willst, also ... fast alles.«

»Küss mich«, flüsterte er und schloss die Augen. Eine schönere Strafe hätte er ihr nicht antun können.

Langsam trafen sich ihre Lippen. Weich und warm. Sie küssten sich lange und leidenschaftlich und streckten sich dann Arm in Arm liegend auf dem weichen Teppich aus.

»Ich hatte gerade ein Vision«, sagte Paul.

Sie blinzelte zu ihm hinüber.

»Weihst du mich ein?«

»Ich glaube, es ist besser, wenn wir beide in Zukunft wirklich immer offen zueinander sind. Wer weiß, wohin uns sonst das nächste Missverständnis bringt.«

Kathleen lachte: »Einverstanden. Also?«

»Was hältst du davon, wenn wir zusammen einen Roman schreiben?«

Die Idee gefiel ihr. Sie zeigte einen Daumen nach oben. »Ja, warum nicht? Stoff dafür haben wir ja nun, wir brauchen nur an unsere eigene Geschichte zu denken.«

»Stimmt!«

Paul drehte sich auf den Rücken und verschränkte nachdenklich die Arme hinter dem Kopf. Kathleen dagegen richtete sich auf, stützte sich seitlich auf den Ellenbogen und zeichnete mit dem freien Zeigefinger Kreise auf seine Brust.

»Ich muss dir auch ein Geständnis machen«, sagte sie, während sie langsam eine große 8 um seine Brustwarzen malte. »Ich habe mich auch in dich verliebt, vor Wochen schon. Aber das hat richtig weh getan.« Paul öffnete die Augen.

»Warum weh getan?«

Kathleen legte ihren Kopf auf seine Brust und erklärte: »Du bist so unfassbar attraktiv, hast so gute Manieren, bist empathisch und aufmerksam und … ach … einfach so ganz anders, als die anderen. Ich hätte mich so gerne ganz frei in dieses Glücksgefühl fallen lassen, aber das konnte ich nicht. Ich habe stattdessen verzweifelt versucht, meine Empfindungen die ganze Zeit auszubremsen, weil ich hinter der schönen Fassade stets den kaltblütigen Mörder gesehen habe.«

Abrupt richtete sie sich auf. Sie erfasste Pauls Kinn und drehte sein Gesicht so, dass er ihr in die Augen schauen musste.

»Hey!«, platzte sie aufgeregt heraus. »Das ist es doch!« Paul verstand nicht: »Was ist was …?«

»Das wird der Titel unseres Buches!«

»Die Fassade des kaltblütigen Mörders?«

»Nein!«, Kathleen lächelte triumphierend.

»*Zu wahr, um schön zu sein.*«

Die auf dem Buchrücken zitierten Bücher-Blogs finden Sie hier:

http://magischemomentefuermich.blogspot.de/
http://fantasybooks-shadowtouch.blogspot.de/
http://binchensbuecher.blogspot.de/
http://www.vielleserin.de/
http://www.sabrinaslesetraeume.de/

Wenn Ihnen

»DOUBT: Zu wahr, um schön zu sein«

gefallen hat, könnten auch die folgenden
Empfehlungen interessant für Sie sein:

TANJA BERN

Distant Shore
1
Sterne der See

ROMANCE

MEIN KOPFKINO

Tanja Bern
»Distant Shore: Sterne der See«

Ben verliert seine Schwester Kristin an den Krebs. Vor ihrem Tod hatte sie für ihn einen Urlaub in ihrem geliebten Irland gebucht, weil sie ahnte, dass Ben dort zu sich selbst finden könne. Obwohl er keinen Bezug zu Irland hat, lässt er sich darauf ein und fährt nach Kerry. Dort begegnet er der Irin Hanna, zu der er sich sofort hingezogen fühlt. Aber sie verbirgt ein Geheimnis und hält Ben einerseits etwas auf Abstand, sucht aber andererseits auch seine Nähe. Ben verliebt sich in dieses wildromantische Land und verliert an Hanna sein Herz. Dann wird sie plötzlich vermisst, und Ben setzt alles daran sie zu finden.

ISBN: 978-3-9816987-4-9   Preis: 6,95 €

"Ich verfolgte das Geschehen mit Herzklopfen"
Bücherblog "BuchZeiten"

"Eine mitreißende Romanze. Sehnsucht mit jeder Zeile"
Bücherblog "Literaturdinge"

"Ich konnte es nicht mehr aus der Hand legen."
Melli's Bücherblog

"Es ist eines jener Bücher, die man genießt und an die man am nächsten Tag noch denkt"
Bücherblog "Fairy-book"

ANNIKA DICK

Lovely Skye

Ein Sommer in Balnodren

ROMANCE

MEIN KOPFKINO

Annika Dick
»Lovely Skye: Ein Sommer in Balnodren«

Innes Graeme ist die ständigen Absagen auf ihre Bewerbungen leid. Sie beschließt, ihrer Heimatstadt Edinburgh für drei Monate den Rücken zu kehren. Sie gönnt sich eine Auszeit bei ihrer Freundin Fenella, die in Balnodren, im Norden der Isle of Skye, eine Pension betreibt. Aber schon bei ihrer Ankunft in dem gottverlassenen Landstrich bereut sie ihren Entschluss. Balnodren erscheint ihr die Natur gewordene Trostlosigkeit zu sein. Erst der attraktive Tierarzt Jack MacBryde kann ihr Herz für die einzigartige Schönheit öffnen, die die sogenannte Nebelinsel zu bieten hat. Gerade als Innes beginnt, sich in Land, Leute und in Jack zu verlieben, rückt das Ende ihres Aufenthaltes immer näher.

ISBN: 978-3-9816987-3-2   Preis: 6,95 €

"Glänzt mit einer zauberhaften Kulisse. Wie ein Kurztrip in den Urlaub."
Buchtempel.net

"Lovely Skye hat mir gezeigt, wie wundervoll Kurzromane sein können."
Phinchens Fantasybooks

"Eine fantastische Novelle mit allem, was das Herz begehrt."
FantasyBooks Shadowtouch (Österreich)

"Ideal für Zwischendurch. Eine kleine buchige Praline!"
Chellushs Bookworld

"Zu diesem Kurzroman fällt mir nur eins ein: wow!"
Kittys Bücherblog

ANNIKA DICK

Lovely Skye

Ein Herbst in Balnodren

ROMANCE

MEIN KOPFKINO

Annika Dick
»Lovely Skye: Ein Herbst in Balnodren«

Fenella Wilkinson ist völlig aus dem Häuschen. Ausgerechnet ihr Lieblingsautor Fergus MacIntosh hat in ihrer Pension für zwei Monate ein Zimmer gebucht, um seinen neuesten Roman in Ruhe zu Ende schreiben zu können. Ihre Freude währt jedoch nur solange, bis er ihr gegenüber steht und sie feststellt, dass MacIntosh in Wirklichkeit Shaw Douglass ist. Der Mann, über den Fenella nie spricht: Lucys Vater! Während Fenella entschlossen ist, Shaw nicht an sich heranzulassen, würde dieser ihrer vergangenen Beziehung nur zu gern eine zweite Chance geben, erst recht, als er erfährt, welches Geheimnis Fenella zehn Jahre vor ihm verborgen hat. Doch sind die beiden bereit für ein Happy End wie aus einem MacIntosh-Roman?.

ISBN: 978-3-9816987-9-4   Preis: 6,95 €

"Ebenso herzzerreißend wie der erste Teil!"
FantasyBooks Shadowtouch (Österreich)

"Dieses Buch wärmt das Herz. Ich bin tief in der Handlung versunken."
Chellushs Bookworld

"Voller Romantik, atmosphärisch dicht und raffiniert erzählt.
Wollte ich nicht aus der Hand legen, bevor es zu Ende ist."
Vielleserin.de

"Einfach gute Unterhaltung für knapp zwei Stunden."
Bücherblog 'Fräulein M liebt Bücher'

PIA RECHT

DER Herzschlag CONNEMARAS

KASTANIENROT

ROMANCE

MEIN KOPFKINO

Pia Recht
»Der Herzschlag Connemaras: Kastanienrot«

Als Projektleiter John Palfrey aus London ins hinterste Irland geschickt wird, um einer Zuchtstation für Wildponys auf den Zahn zu fühlen, kann der karrierebewusste Schreibtischhengst seinen Widerwillen gegen Land und Leute nicht verbergen. Doch gerade die scheinbar hinterwäldlerische Langsamkeit der Einheimischen verändert seinen Blick auf sich und sein bisheriges Leben. Der Herzschlag Connemaras öffnet ihm das seine für das Land und für eine schöne Frau. Als er jedoch aus London erfährt, dass die Station geschlossen wird, droht er alles wieder zu verlieren, was er unverhofft gefunden hatte.

ISBN: 978-3-9816987-1-8   Preis: 6,95 €

"Die Geschichte schafft es, den Leser dahinschmelzen zu lassen."
Bücherblog "KathrinsBookLove"

"Diese tiefgründige Erzählung übt einen wahren Sog aus."
Bücherblog "Magische Momente"

"Herzerwärmend und mit viel Gefühl gespickt!"
Kitty's Bücherblog

"Besser kann man das Lebensgefühl der Iren nicht darstellen."
Binchens Bücherblog

PIA RECHT

DER Herzschlag
CONNEMARAS

DECCYS VERMÄCHTNIS

ROMANTIC SUSPENSE

Pia Recht
»Der Herzschlag Connemaras: Deccys Vermächtnis«

Nachdem John Palfrey seine Londoner Stelle gekündigt hat, verbringt er mehr und mehr Zeit bei seiner irischen Freundin Siobhan. Aber der Unfalltod ihres Ex-Mannes Deccy wird ein Nachspiel haben, das ihre junge Liebe auf eine harte Bewährungsprobe stellt. Siobhan wird unter Druck gesetzt, ein Dokument aus Deccys Nachlass herauszugeben, von dem sie überhaupt nichts weiß. Die Situation verschärft sich, als beiden klar wird, dass sie zwischen die Fronten eines uralten Konflikts geraten sind. Es dauert nicht lange, und die Ereignisse fördern einen Konflikt auch zwischen John und Siobhan zutage, den sie zwischen sich nicht für möglich gehalten hätten: den zwischen Iren und Engländern.

ISBN: 978-3-9817967-0-4   Preis: 6,95 €

"Drama, Herzschmerz, Krimi und Action. Ein ultimatives Leseerlebnis." **Leseträume**

"Dreidimensional, vielschichtig, intensiv, lebendig. Absolut empfehlenswert!" **Vielleserin.de**

"Spannung pur!" **Binchens Bücherblog**

"Konnte es nicht weglegen." **Das Lesesofa**

THOMAS DELLENBUSCH

Liebe ist kein Gefühl

ERZÄHLUNG

MEIN KOPFKINO

Thomas Dellenbusch
»Liebe ist kein Gefühl«

Nina will ihren 39. Geburtstag nicht feiern. Stattdessen lässt sie sich ohne Plan oder Ziel durch die Stadt treiben. Sie glaubt, dass da draußen etwas auf sie wartet. Ein Artikel in einer Zeitschrift, der die Liebe aus einem unerwarteten Blickwinkel heraus betrachtet, weckt ihre Neugierde. Das Titelbild zeigt den Verfasser, und sie erkennt etwas an ihm, das sie dazu verleitet, diesen Mann finden zu wollen. Es wird ein Trip, der sie weit weg führen wird. In den hohen Norden Irlands.

ISBN: 978-3-9816987-5-6   Preis: 6,95 €

"Diese Geschichte gibt uns den Glauben an die Liebe zurück."
Bücherblog "Magische Momente"

"Selten habe ich solche Zeilen gelesen. Ein wahrer Schatz!"
Ka-Sa's Buchfinder

"Werde ich so schnell nicht mehr vergessen."
Line's Bücherwelt

"Ein absolutes Must-Have!"
Das Lesesofa

"Mein Buch des Jahres"
Bücherblog "BooksinmyWorld"

THOMAS DELLENBUSCH

Verstecktes Herz

ERZÄHLUNG

MEIN KOPFKINO

Thomas Dellenbusch
»Verstecktes Herz«

Eine junge, hübsche und alleinerziehende Mutter zieht im Sommer 1963 in ein kleines niederbayerisches Dorf. Sie sucht weder eine Anstellung, noch sucht sie Kontakt. Als die Dorfbewohner verschiedene Herrenbesuche feststellen, sind sie entsetzt. Sie halten die Fremde für eine Prostituierte und suchen nach Möglichkeiten, sie zu verjagen. Nur ein junger, im Dorf lebender Journalist ergreift ihre Partei und hält zu ihr. Er vermutet, dass sie sich hier versteckt. Aber vor wem oder was ...? Und ist seine Solidarität echt, oder wurde er auf sie angesetzt, um hinter ihr Geheimnis zu kommen?

ISBN: 978-3-9816987-6-3   Preis: 6,95 €

"Kurzweilige Lektüre, die fesselt und Überraschungen zu bieten hat"
Bücherblog "Magische Momente"

"So fesselnd, dass ich die Geschichte am Stück verschlungen habe"
Kitty's Bücherblog

"Eine wirklich tolle Erzählung von der ersten bis zu letzten Seite, in die man richtig tief abtauchen kann"
Binchens Bücherblog

"Bewegende Erzählung, die einen mitnimmt und nicht mehr los lässt"
Lines Bücherwelt

"Dieses Buch hat mich total begeistert. Ein Must-Have!"
Das Lesesofa

THOMAS DELLENBUSCH

CHASE

JAGD AUF DIE STUMME
DICHTERIN

THRILLER

MEIN KOPFKINO

Thomas Dellenbusch
»Chase: Jagd auf die stumme Dichterin«

Enrique "Rique" Allmers ist Inhaber eines Hamburger Security Unternehmens. Als ihn am Fischmarkt eine junge Frau umrennt, beschützt er sie vor ihren Verfolgern. Die beiden fliehen, aber man ist ihnen schon mit Verstärkung auf den Fersen. Rique weiß nicht, wer sie ist oder wer ihre Verfolger sind. Auch weiß er nicht, warum man hinter ihr her ist. Denn sie spricht nicht mit ihm …

ISBN: 978-3-9816987-0-1   Preis: 6,95 €

"Noch nie hat mich eine Erzählung so sehr gefesselt."
Binchens Bücherblog

"Sehr mitreißend und bildgewaltig."
Bücherblog "Magische Momente"

"Ein absolutes Muss für Thriller-Fans!"
Kitty's Bücherblog

"Ich war begeistert. Ein absolutes Must-Read!"
Das Lesesofa

"Ein rasanter Plot mit erstaunlichen Wendungen, der an einen Actionfilm erinnert."
Leseträume

"Ich war echt baff. Chase hat mich umgehauen."
Phinchens Fantasyroom

JULIA BOHNDORF

VON ECHTEN PUPPEN, BITTEREN PILLEN UND ERFUNDENEN PATEN

HUMOR

MEIN KOPFKINO

Julia Bohndorf
»Von echten Puppen, bitteren Pillen und erfundenen Paten«

Erna Meyer und Thea Rohde verbindet nicht nur die gemeinsame Schulzeit, sondern auch der Streit um einen Mann, der ihre Freundschaft zerstörte. Sechzig Jahre lang pflegen sie diese Rivalität, und bei jedem Klassentreffen geraten sie aneinander. Für das anstehende diamantene Treffen wird um die Begleitung durch einen Enkel gebeten, doch weder Erna noch Thea haben Enkelkinder. Als sie sich bei einer zufälligen Begegnung in der Stadt gegenseitig mit ihren sehr erfolgreichen, jedoch erfundenen Enkeln zu übertrumpfen versuchen, nimmt das Unheil seinen Lauf …

ISBN: 978-3-9817967-1-1   Preis: 6,95 €

"Julia Bohndorf trieb mir mit ihren schrulligen Omis oft die Tränen in die Augen. Skurril, witzig und mit einem sehr gelungenen Showdown."
Binchens Bücherblog

"Eine tolle Geschichte für zwischendurch, mit einem heiteren und lockeren Ton, der Spass macht zu lesen."
Kekes Buecher

"Eine humorvolle und ebenso emotionale Geschichte über die Freundschaft. Ich war begeistert. Ein kleines Schmuckstück, das auch zwischen den Zeilen erzählt."
Die Büchereule

"Ein toller Kurzroman, mit dem man abschalten und sich diesen beiden Streithähnen widmen kann."
BookLady

THOMAS DELLENBUSCH

Das Testament

MYSTERY

MEIN KOPFKINO

Thomas Dellenbusch
»Das Testament«

Martha Vadeva führt ein geruhsames Leben in Rom. Eines Tages wird die 62jährige Boutique-Besitzerin von einer schwedischen Anwaltskanzlei kontaktiert. Ihr stünde ein größeres Erbe zu, teilt man ihr mit. Martha kann sich nicht erklären, warum oder von wem dieses Erbe sein soll. Als sie sich auf ein persönliches Treffen mit den Schweden einlässt, wird sie mit einer Vergangenheit konfrontiert, die sie längst hinter sich gelassen zu haben glaubte …

ISBN: 978-3-9816987-7-0   Preis: 6,95 €

inklusive Bonusgeschichte: »Der Nobelpreis«

"Eine spannende Erzählung, die schnell Fahrt aufnimmt und einen nicht mehr loslässt."

Bücherblog »Jeanne d'Arc«

Im KopfKino-Verlag sind bisher erschienen:

Thomas Dellenbusch

Der Matrjoschka Code

Das Testament

Der Nobelpreis

Der Weichensteller

Verstecktes Herz

Liebe ist kein Gefühl

Chase – Jagd auf die stumme Dichterin

Lilly M. Daniel

Auch die gute Hoffnung stirbt zuletzt

Julia Bohndorf

Von echten Puppen, bitteren Pillen und erfundenen Paten

Pia Recht

Der Herzschlag Connemaras – Kastanienrot

Der Herzschlag Connemaras – Deccys Vermächtnis

Tanja Bern

Distant Shore – Sterne der See

Distant Shore – Gold der Dünen

Distant Shore – Perlen des Meeres

Annika Dick

Lovely Skye – Ein Sommer in Balnodren

Lovely Skye – Ein Herbst in Balnodren

Nadine Stenglein

Doubt: Zu wahr, um schön zu sein

Alle Geschichten sind auch als
eBook oder Hörbuch erhältlich

Ausführliche Lese- und Hörproben finden Sie auf
MeinKopfKino.de

Nadine Stenglein wurde 1977 in Pegnitz geboren und lebt mit ihrer Familie in Bayern.

Schon als Kind liebte Nadine es, sich Geschichten auszudenken und diese niederzuschreiben. Ihr Debütroman wurde direkt bei Droemer Knaur Feelings angenommen. Sie schreibt in den Genres Love, Crime, SF und Fantasy, aber auch Gedichte und Songtexte. 2016 erscheinen weitere Romane und Kurzgeschichten in Anthologien von ihr. Schreiben ist für die Autorin pure Leidenschaft. Derzeit arbeitet sie an neuen Projekten. Vertreten wird sie durch die Agentur Ashera.

Sonstige Veröffentlichungen (Auszug):

Aurora Sea, Droemer Knaur 2015
Rubinmond, Fabylon Verlag 2016